W0200465

DAVID BOWIE N'EST PAS MORT

DU MÊME AUTEUR

Chez le même éditeur

Les petits succès sont un désastre, 2012

SONIA DAVID

DAVID BOWIE
N'EST PAS MORT

roman

Robert
Laffont

© Éditions Robert Laffont, S.A.S., Paris, 2017
ISBN 978-2-221-20028-5
Dépôt légal : août 2017

À mes sœurs

Halfway down the stoop, Benjy called back :

— What if I don't miss you ?

— You can call us, Jacob said. My phone will always be on, and I'll never be more than a short drive away.

— I said what if I don't *miss you ?*

— What ?

— Is that OK ?

Jonathan Safran Foer, *Here I Am*

PREMIER JOUR

(vendredi 22 - mercredi 27 mai 2015)

Ma mère est morte le 23 mai 2015. Sans crier gare. Elle n'était ni malade ni franchement âgée, mais ni une ni deux, elle fait un AVC, et meurt, nous prenant tous de court, pour un peu on en rirait, quelle bonne blague ! D'autant que le surlendemain, nous devions déjeuner ensemble, et depuis quand la mort tient-elle d'excuse pour se soustraire à un déjeuner avec sa fille ?

Lorsque nous étions enfants, puis adolescentes, mes sœurs et moi, inlassablement elle nous répétait qu'elle se suiciderait à soixante ans. Depuis notre jeunesse nous l'écoutions, sans protester, ça faisait tellement loin. Et puis nous la comprenions : quel intérêt de vivre à un âge si avancé ?

Mais enfin elle a fini par l'atteindre, cet âge, voilà une quinzaine d'années. À l'époque, elle venait d'acheter un appartement, sujet de brûlante passion chez elle, chaque objet, chaque meuble, chaque tableau, chaque couleur, chaque matériau comme une attestation d'incontestable goût, comme une preuve d'elle-même au-dessus de la mêlée. Du coup, plus question de mourir, et certainement pas avant d'achever son nouveau grand œuvre, 95 mètres carrés dans le dixième arrondissement de Paris, rendez-vous compte, le parquet peint en noir mat, des bibliothèques en chêne brut, des trésors de famille, des lampes d'architecte, des trouvailles de brocantes, tout ça passé au filtre de ses métamorphoses, un coup de peinture, un détournement de fonction, l'art du dépareillé, inventer avec du pauvre, de l'imagination, de l'habileté. Ce sanctuaire du style, ensuite, il fallait bien entendu le faire visiter, convier les amateurs, et tout le monde – les admirateurs tiennent lieu de témoins, ils s'extasient, racontent, retiennent, imitent. Maman est entourée d'apôtres. À tout âge, c'est une bonne raison de vivre. Reste qu'une promesse est une promesse, et à quelques mois de son soixantième anniversaire, elle fait tout de même semblant de mourir.

Je suis celle qu'elle appelle en premier. Géographiquement, nous sommes voisines. J'entends sa voix paniquée, enrayée de douleur, elle crie à l'aide, au soutien, à l'attention, nous voilà à l'hôpital, son corps défait, elle gémit et puis elle geint « c'est encore pire que d'accoucher, c'est encore pire que d'accoucher », et je n'ose pas lui prendre la main, une petite poignée de réconfort : même sur un brancard, au milieu d'un couloir, vulnérable, abandonnée, je ne crois pas qu'elle désarme. Maman reconnaît les jolies choses, pas la tendresse. Anne, ma sœur aînée, nous rejoint rapidement, le pragmatisme est toujours son premier choix, elle met de l'ordre, trouve la bonne personne, la bonne porte, la bonne blouse blanche, le brancard disparaît, et puis revient, elle ne l'a pas quittée. Et le verdict tombe : appendicite aiguë. Nous prévenons Émilie, la troisième sœur, la petite : « *Pire que d'accoucher*, c'est vraiment ce qu'elle a dit ?! » À l'hôpital, nous attendons des heures et parfois le regard accusateur de maman se pose sur nous. Elle pense que c'est notre faute, que nous ne faisons rien pour la sortir de là. Elle n'a pas tort. Nous ne pouvons rien pour elle. Peut-être même ne voulons-nous rien pour elle. Enfin là, je conjecture. Désolée. Je retire ce que je viens d'écrire.

Le bloc enfin libre, nous l'accompagnons jusqu'au seuil. Sa patience harassée, mais qui désormais en voit le bout, elle retrouve toutes ses certitudes : « Je sors demain, il faut confirmer mes rendez-vous. » Évidemment, elle reste hospitalisée plusieurs jours. Le processus normal. Un truc classique. Moins à soixante ans, c'est un fait, mais bénin, complètement. Peut-être que la méchanceté conserve. C'est en tout cas ce que je m'amuse à répéter à qui veut bien l'entendre, toutes ces années-là, un brin de provocation me grise, « Maman ? Increvable. Trop méchante. » Souvent, j'ajoute même « ma connasse de mère » et j'attends les réactions alentour. Je fais du droit de ne pas aimer ma mère un trait d'esprit, une vantardise.

Donc ce 23 mai 2015, des années après l'appendicite aiguë, je suis désarçonnée, complètement, de découvrir que l'on peut tout de même aimer quelqu'un que l'on n'aime pas. Vous suivez ? Ma mère meurt, et mon corps se glace. Finalement la méchanceté ne conserve pas, et c'est un drame.

Quoique pas pour tout le monde : car quelques mois auparavant, maman a vendu sa maison bretonne en viager. Encore une bonne blague. Mais moi qui ai une tendresse particulière pour les proverbes, ça ne me déplaît pas de penser qu'y compris en cette circonstance « à toute chose malheur est bon ». Une femme a gagné le gros lot. Une femme dont on pensait qu'elle était bien peu raisonnable de conclure un viager avec une dame de soixante-quinze ans pas même malade. Personne ne l'a forcée, mais quand même, maman l'a bien eue, se disait-on, le contrat stipule une rente mensuelle franchement élevée pour une résidence secondaire. La femme a signé sans broncher. Le gros lot, oui : une merveille de coin breton, avec jardin clos et vue imprenable sur la mer. Pas une maison de famille ; la maison de ma mère. À l'exception de la sienne, aucune des quatre chambres n'est attribuée. Elles n'ont pas de mémoire, ces chambres, seulement un style, le goût de maman et de ses apôtres.

Entre sa fausse mort et la vraie, entre ces quinze années, un autre épisode notable advient en 2013 : l'espace de quelques mois, elle n'a pas le choix, elle nous offre enfin un bon rôle, celui de ses filles. Pas le rôle principal – qu'elle ne cède jamais – mais une vraie position tout de même, bien au-delà des personnages secondaires, figurants ou spectateurs auxquels nous sommes, comme la totalité de son entourage, généralement cantonnées. Car nous, ses enfants, ne faisons pas exception : comme tout le monde, nous n'existons que dans le récit qu'elle en fait aux autres. Des sujets de fierté, d'inquiétude, de bonheur ou de déception, mais avant tout des sujets de conversation, d'histoires, toutes ces petites histoires dont elle s'honore de tirer les ficelles. Avec nous, frontalement, elle évite de donner prise aux élans maternels, ces échanges de tout ou de rien, aveux d'amour aveugle, à toi de jouer, ma fille, je te laisse la place, je t'ai faite pour ça, pour que tu occupes la première place. Non : cette première place, ma mère tient à la conserver, encore un peu, allez, écoutez-moi, écoutez. C'est sa manière de ne jamais lâcher la vie.

2013, donc, une année d'exception, une sorte d'échappée belle : quelques mois durant, nous voilà un quatuor enchanté, une mère et ses trois filles comme si de rien n'était, plus de confusion possible, nous nous serrons, nous sommes là, bien sûr nous sommes là. On lui a détecté une tumeur au sein. Contre la raison et les progrès de la médecine, maman est paniquée. La dernière fois que dans son regard j'ai perçu un tel constat d'impuissance et de peur, c'était il y a une quarantaine d'années : nous nous trouvions à la montagne, et notre mère, d'ordinaire heureuse skieuse, décrète qu'elle ne peut pas descendre la piste. Plus jamais. La panique l'a saisie, elle reste là, au sommet, les secours finiront par la récupérer et nous ne retournerons plus aux sports d'hiver. C'est une petite tumeur. Il suffit de l'enlever et tout ira bien. Sans nous concerter, Anne, Émilie et moi écartons naturellement nos bras pour accueillir, porter, protéger maman. Ce n'est pas dans nos habitudes. Nous découvrons alors un instinct que nous croyions perdu, et le voilà pourtant sur le qui-vive, prêt à se manifester. Malgré les « ma connasse de mère » et nos fuites respectives (j'y reviendrai), nous sommes là, instantanément.

Je suis celle qui l'accompagne à l'institut Curie pour l'opération, parce que, encore une fois, nous sommes voisines. Dans la chambre, j'attends avec elle la visite du médecin, et je vois ses seins de septuagénaire, lourds mais qui ne laissent pas tomber, ni vergetures ni tristes chiffons. Je ne crois pas que notre mère s'intéresse à son corps, en revanche, elle continue fermement de compter sur lui, parce qu'il renferme son intelligence, à laquelle elle tient en toute chose, y compris s'agissant d'insouciance, chaque acte comme un argument susceptible d'être retenu contre soi. Maman ne sort pas sans son esprit. Elle néglige son maquillage, jamais son cerveau, même si la terreur, cette fois, paraît le rabougrir : elle obéit aux infirmières, ce que je trouve soudain douloureux. Et après coup, longtemps après, doux également. Sa soumission ressemble à un désarmement, oui, voilà, plus de bataille, maman, ni de toi prête à tout pour gagner. Faisons la paix, merci la tumeur. Si, merci, parce que, en la quittant ce jour-là, veille de l'opération, elle ne me donne aucun conseil qui ressemblerait davantage à une assertion sinon rien, elle sort de la compétition par elle instaurée depuis toujours, elle néglige de jouer à qui est la plus maligne et ne vole même pas la parole. Je lui dis « Ne t'inquiète pas, tout va bien se passer. À demain ». Elle répond « Merci ma poulette ». Une fille et sa mère.

Il y aura six séances de chimiothérapie. Elle perd tant de kilos, ses cheveux, sa grande gueule. Peu à peu, nous devenons les mères de notre mère, l'aidons à faire quelques pas, ou sa toilette, la forçons à manger, l'accompagnons à ses rendez-vous médicaux, retrouvons un contact physique avec elle, nous pouvons la toucher, l'enlacer, elle nous confie les clefs de son appartement de sorte que librement nous allons et venons, et ce bouleversement de nos rôles, je le prends comme une aubaine, une chance : je viens d'avoir cinquante ans et ne conserve aucun souvenir d'autant de tendresse exprimée, de si clémente relation entre maman et nous. Depuis qu'elle est entrée dans le clan des faibles, des vulnérables, contre son gré, mais là tout de même, elle se laisse aller à nous aimer, et je savoure nos échanges de rien, nous parlons enfin pour ne rien dire, seuls comptent l'ascendance, le goût d'une chair de sa chair, moments bénis au cours desquels elle n'a pas la force de contenir son instinct maternel.

Je me souviens d'un lundi après-midi en particulier : sur la pointe des pieds je pénètre chez elle, je n'appartiens pas au groupe de ses apôtres, plutôt mourir que de lui faire ce plaisir-là, d'ailleurs je connais mal cet endroit, j'évite de m'y retrouver prise au piège de son filet de mots, impossible de l'interrompre, de se glisser entre deux respirations, maman ne respire pas, elle déverse ses histoires, elle proclame, elle assure, elle affirme, les autres, tous ses autres, ses voisines, ses frères, ses amis, ses neveux, mes sœurs. Je fais donc généralement en sorte de la retrouver dans des cafés, lieux neutres et transitoires d'où partir plus rapidement. Alors ce lundi comme chaque fois durant cette étrange période, j'entre timidement, toujours sous le choc d'une nouvelle donne si insolite : posséder une clef de son sanctuaire, y circuler comme si l'endroit m'était familier, apprécier son style, reconnaître son art et sa manière sans retenue, sans exaspération. Elle somnole dans son lit. J'aperçois à peine le haut de sa tête recouverte d'un bonnet. Je me penche pour l'embrasser. Maman est l'une des rares personnes que je connaisse qui aient tenu à résister au confort douillet de la couette. Obstinément, elle s'accroche à ses draps de lin un peu froids et à ses couvertures, lit à l'ancienne, rigoureusement fait, tendu, il n'y a pas de petite manière de se distinguer. Le désir me vient de lui caresser le visage, mais non, d'un murmure elle me demande si c'est bien moi. Oui, maman, c'est bien moi. Ensuite, elle se retourne, refuse une tasse de thé, poursuit sa somnolence tandis qu'assise à ses côtés je lis tranquillement, tout l'après-midi, sans compter. Parfois, je contemple son intimité, son humanité, les cadres posés çà et là, une multitude de photos de nous, ses filles, ses parents, ses petits-enfants, sa famille, procuration encore, mais si joliment agencée. Une marine est accrochée au-dessus de son lit, sur sa table de nuit reposent de petites boîtes en corne, en cuivre, en verre, plusieurs paires de lunettes, sur le fauteuil un T-shirt et des chaussettes en vrac. Il y a un bouquet de capucines. À cet instant précis, je ne redoute pas qu'elle meure, elle nous a déjà fait le coup avec l'appendicite, je ne redoute rien, je profite. J'essaie de saisir cette sensation d'inconnu et de familier à la fois, de retrouver ce temps si lointain où la chambre de maman n'était pas un lieu étranger, ni son odeur ni sa personne, nous faisions des « chatouilles dans son lit », un autre siècle dont seules des photos attestent la réalité. J'essaie de ressentir ce que cela fait d'être avec sa mère et non contre elle, de revenir à ces années (mais ont-elles jamais existé ?) où ses condamnations sans appel ne nous cantonnaient pas à ce lieu si inquiétant, la conditionnelle. Son souffle perturbe à peine les draps, petite personne sans force. Et pourtant c'est bien elle qui voilà quelques mois encore faisait si peur, toujours et tout le temps, en fait, son jugement comme un couperet incapable de ne pas tomber.

Lorsque nous étions petites, Cécile, la meilleure amie d'Émilie, balançait du « aller au docteur » en veux-tu en voilà, ce qui exaspérait méchamment maman. La fille n'avait pas six ans, mais elle la reprenait avec un mépris tellement déterminé. À l'époque, mon instinct de maman était infaillible, je savais de manière catégorique que cette faute de français était pour elle éliminatoire, Cécile, forcément, tirait Émilie vers le bas et la médiocrité. Je revois les deux fillettes en train de jouer à la maison, elles échangent, papotent, complotent, se marrent, et moi j'espère seulement qu'elles ne commettent pas d'impair, pas de « frère à mon père », oui, voilà, j'espère qu'elles ne donnent pas à notre mère l'occasion de les réprouver encore, surtout ma petite sœur Émilie, ce qui est idiot parce qu'elles s'en fichent, elles se moquent de son arbitrage entre le bien et le mal, comme si maman comptait pour du beurre, et leur indifférence me frappe d'autant plus que je suis alors incapable d'un tel détachement, tentée à mon tour de cracher sur Cécile. Une vendue en quelque sorte.

Sauf qu'avec cette chimiothérapie, nous, les trois sœurs, en chœur, retournons notre veste. Aussi simple que ça. Des décennies de fuite, et en un instant nous voilà de retour. Anne et Émilie qui ont des enfants pouvaient-elles deviner que ces liens si distendus s'avèreraient aussi élastiques ?

Les murs de la chambre sont jaune pâle, ils caressent tranquillement cette pièce un peu sombre. Maman se retourne, tente de se relever, elle doit aller aux toilettes. Elle refuse que je l'aide. Quand même, il y a des limites. À petits pas elle s'éloigne, prend le temps, beaucoup de temps, et, à son retour, suggère la chose la plus inattendue qui soit : dans le salon, il y a son sac, et dans son sac, son chéquier, oui, voilà, elle suggère que je le lui apporte pour qu'elle me fasse un chèque. Soudain, elle tient à ce que je m'achète la même veste qu'elle, une veste « épatante », précise-t-elle. Même diminuée, maman n'oublie pas ce mot que depuis si longtemps elle s'est approprié.

Donc, je résume : ma mère, d'un naturel près de ses sous, ma mère, qui ne tient vraiment pas à ce que qui que ce soit possède des choses aussi « épatantes » que les siennes, ma mère, obstinément réfractaire aux échanges trop familiers, ma mère propose que je fouille dans son sac afin de m'offrir la même veste qu'elle. À cet instant précis, je me dis que c'est peut-être à cela, finalement, que ressemble l'annonce de sa mort.

Sauf qu'elle ne meurt pas (et d'ailleurs, de mon côté, je n'achète pas la veste).

Néanmoins, grâce à un cancer du sein, le bien est fait, ou du moins initié : toutes les quatre, nous expérimentons à nouveau l'évidence d'être une famille, chose étrange, dont on ne sait pas très bien s'arranger quand si longtemps nous nous en sommes fichues, chacune occupée à se dépêtrer de l'enfance. Y compris maman : à quel moment exactement a-t-elle estimé que nous n'étions plus des enfants, et peut-être même plus *ses* enfants ?

Cela dit, Anne, Émilie et moi conservons en partage un intérêt commun, depuis toujours : notre mère est notre point de convergence, ce qui nous lie. Nous avons l'habitude d'en dire du mal. Là-dessus, chacune de nous est intarissable, chacune de nous sait qu'elle ne peut réellement être comprise que des deux autres. Nous sommes trois, seulement trois à voir parfaitement ce que nous voulons dire. Ce qui, d'une certaine manière se révèle pratique : lorsque nous nous croisons, nous entrons directement dans le vif de notre sujet. Pas besoin de nous intéresser à ce que nous devenons, les unes et les autres. Pas besoin de nous aimer. Ensemble, nous nous occupons simplement de ne pas aimer maman. Et puis de l'aimer à nouveau.

Nous voilà juste passées de la malveillance à la bienveillance, des portes claquées aux mains tendues : cette fois il s'agit de la protéger, et sans doute aussi de lui montrer que nous, nous n'avons pas de rancune, pas de conditionnel.

Cette période de quiétude se déroule sur une petite année, après quoi la guérison advient, les cheveux repoussent, l'appétit reprend, les réflexes belliqueux aussi. Mais ces mois laissent une trace inouïe, que nous ne découvrons que deux ans plus tard, le 22 mai 2015 alors que notre mère s'apprête à mourir pour de vrai.

Je me trouve alors sur une plage, à Marseille. Avec un couple d'amis, nous avons décidé de voler un long week-end à notre quotidien parisien si studieux. Ce que nous célébrons autour d'une table ombragée, les pieds nus massés par le sable ni blanc ni fin, mais qu'importe, du sable chaud. Nous commandons du rosé glacé, et clamons notre béatitude, le plaisir de s'en remettre à l'insouciance d'un temps d'été. C'est à cet instant que maman m'appelle. Je ne réponds pas. Je ne décroche jamais quand c'est elle. Elle va laisser un message. Il commencera par « C'est moi », le « C'est moi » de celle qui ne veut pas savoir qu'il y en a d'autres. Je dis « Ma mère ne va pas venir m'emmerder maintenant ». Je dis « Ça attendra lundi, je déjeune avec elle lundi ». Les urgences de maman n'appartiennent qu'à elle, un livre qu'il faut lire sur-le-champ, un film qu'elle trouve nul, sa voisine qu'elle soupçonne d'avoir une double vie. Je me moque de ses messages, je laisse traîner. Nous trinquons, une fois encore, à la mer, pourquoi pas, ce n'est pas rien la mer de la Pointe Rouge quand on devrait être au bureau. Et puis quand même, je finis par écouter. Peut-être parce que les salades tardent à arriver, allez savoir. La voix est masculine. Le fils de la voisine de ma mère. Qui a été prévenu par l'homme de ménage de ma mère. Qui a appelé les pompiers parce que ma mère, apparemment, a fait un malaise. Qui m'appelle parce que mon numéro apparaît sur le portable de ma mère. J'appuie sur la touche « rappeler », je dis « Merde, c'est quoi encore. Merde, faites des parents ! » et tandis que la sonnerie s'enclenche, mes amis suspendent leur regard au mien, et je m'en veux de ma légèreté, parce depuis de nombreux mois leurs propres parents âgés et malades occupent leurs inquiétudes, leurs angoisses, et tant de nos échanges.

Le fils de la voisine confirme calmement. Il n'en sait pas plus. Sa mère accompagne la mienne dans le camion des pompiers. Mécaniquement, j'appelle Anne, notre aînée, « Je m'en occupe », elle me répond, et d'un commun accord nous décidons d'attendre avant d'affoler Émilie. Mes amis ne sont pas inquiets, et je les crois. Comment pourraient-ils s'inquiéter ? Ma mère n'est pas si âgée, ni malade, les mauvaises nouvelles n'ont rien à faire par une aussi belle journée, ça ne marche pas comme ça. Sur cette lancée estivale, je plonge dans l'eau glacée. La mer est lourde de sel, troublée de vent, pas si bonne, mais on lui pardonne parce que c'est la première de l'année. Et puis le téléphone sonne à nouveau, et Anne dit que maman passe un scanner. AVC massif. Mon cœur bondit dans ma gorge, je crois que je vais le vomir. Et je mesure la situation difficile dans laquelle se trouvent soudain mes amis, témoins de ce qui devient grave, un tel retournement de situation, comment procéder avec la tragédie des autres ? Alors pour rassurer la vie, je leur dis du mal de maman, ce qu'ils savent déjà, je me répète, je ne peux plus m'arrêter, une foule de preuves, toutes les preuves de sa méchanceté, ils sourient, ils connaissent par cœur. Anne rappelle : « Tu es assise ? elle me demande, sa voix claire, nette. Tu es assise ? C'est la fin. Saute dans le premier train, nous devons décider de la débrancher, ou non, cette décision nous appartient à toutes les trois. » Émilie m'appelle, elle dit : « Ça va aller, toi ? »

Mes amis m'emmènent jusqu'au bus jusqu'au métro jusqu'à l'hôtel jusqu'à la gare et me voilà dans le TGV à tenter de faire avancer le temps, plus vite, plus vite. À essayer d'attraper au vol ce qui arrive, ce que cela peut bien signifier, maman qui meurt, mais c'est incompréhensible. Toutes mes pensées chavirent pour venir s'échouer contre cette nouvelle totalement abstraite. Maman meurt. J'essaie de le prononcer à voix haute, de le chuchoter, de le siffloter, mais non, je ne comprends pas, d'autres voix prennent le relais, d'autres voix palpitent dans ma gorge. Le « Tu es assise ? » d'Anne, le « Ça va aller, toi ? » d'Émilie. Gare de Lyon, je hèle une moto-taxi, l'un de mes petits rêves, je m'offre le périphérique à toute vitesse jusqu'à l'hôpital Bichat. Mes cheveux sont gainés de sel méditerranéen, sous mon jean je sens encore fourmiller des grains de sable, je me blottis contre le chauffeur, c'est parti, « Tu es assise ? », « Ça va aller toi ? », « Tu es assise ? », « Ça va aller toi ? », « Tu es assise ? », « Ça va aller toi ? » vrombit le moteur, et c'est ma berceuse, oui, un instant de grâce et de consolation, j'ignorais que mes sœurs avaient ce pouvoir, le pouvoir des mots magiques.

Maman a laissé une lettre. Enfin, pas vraiment une lettre, plutôt une page d'instructions adressée à nous trois et confiée en 2009 à Joaquim, l'un de nos oncles, en cas de problème. En cas de ses problèmes. Notre oncle Joaquim apporte cette feuille quand Anne l'appelle pour lui annoncer l'invraisemblable nouvelle : maman en état de mort cérébrale. Nous nous retrouvons à l'hôpital, elle est dans une chambre isolée, elle respire encore, un souffle caverneux, hoquetant, irrégulier, mais elle est morte, nous répète-t-on, il n'y a plus qu'une mécanique prête, à tout moment, à s'enrayer. Nous allons et venons de cette chambre au petit salon réservé aux familles des mourants, nous attendons, nous ne pleurons pas encore parce qu'elle ressemble à quelqu'un de vivant. À elle au moment de la chimiothérapie, et avant cela, à elle au moment de l'appendicite. Nous nous apprêtons à être tristes, mais en attendant, quelque chose d'absolument doux émane de cette réunion improvisée d'un vendredi soir de printemps. Notre oncle Joaquim possède lui aussi l'intelligence et l'esprit de maman, la gentillesse et la générosité en plus. Il aime transmettre, partager. Contrairement à elle, il ne croit pas que l'arbre généalogique produise de l'ombre. À nos côtés ce soir-là, il devient naturellement notre mère, il se glisse dans le rôle de l'adulte, du garant de la vie, il ne nous convainc pas que tout va bien aller, seulement qu'il sera toujours là, indéfectible, et c'est un soulagement dont nous n'avons plus l'habitude.

La page d'instructions : une succession de volontés, ce que nous, les trois sœurs, devons faire au cas où elle perdrait la tête, ou le corps, au cas où elle deviendrait légume ou impotente. Maman y évoque son souhait d'une crémation et son refus de cérémonie religieuse. Elle y inscrit les coordonnées de son médecin, de son notaire, de son compte en banque, de son assurance-vie. Elle nous mâche son après, et tout le monde autour de nous considérera cette lettre comme une formidable attention de parent, un acte courageux de bon sens, un exemple à suivre. Anne, Émilie et moi sommes les seules à voir d'abord ce que cette lettre ne contient pas : pas de « Je vous aime », pas de « Vous allez me manquer », ni de « mes poulettes » comme elle nous appelait, ni même ce « *Baci* » dont elle usait les dernières années.

Le médecin dit que nous devons choisir de la débrancher ou non. Il nous suffit de relire la feuille. Merci maman, tu as décidé pour nous, c'est écrit noir sur blanc, pas d'acharnement thérapeutique. Mais enfin, pas de marque d'affection non plus.

Le lendemain, 23 mai 2015, alors que depuis 3 h 40 du matin nous savons qu'il est trop tard, plus jamais nous n'aurons d'occasion de ne pas avoir peur d'elle, plus jamais nous ne pourrons croire qu'un jour, peut-être, elle nous accordera haut et fort sa préférence, Anne et moi trouvons un document dans le premier tiroir de son bureau, un document en évidence. Nous sommes passées chez notre mère récupérer son livret de famille, et des vêtements, le nécessaire pour mourir, et voilà, glissé dans le livret, ce document imprimé en trois exemplaires, à notre intention : la même feuille d'instructions que celle confiée à notre oncle en 2009, à ceci près que celle-là n'est pas datée et compte un petit paragraphe supplémentaire. Tout à la fin. Trois lignes d'attentions et de connivence, trois lignes de liens auxquelles succède un « Je vous embrasse ». Nous sommes tellement méfiantes, tellement habituées à compter sur son désamour qu'immédiatement, sans l'ombre d'un doute, nous voilà persuadées que cet exemplaire-là précède l'autre. D'abord de l'affection, et puis non, on l'efface. Mais l'évidence reprend ses droits, la copie la plus récente est évidemment celle « avec tendresse » qui n'attendait que d'être découverte, et dès lors Anne, Émilie et moi le savons : le cancer du sein a changé la donne. Maman nous sait gré d'avoir forcé la route, déjoué tous les obstacles par elle installés et imposé une famille. C'était une répétition, elle répétait sa mort, et nous avons alors passé le test haut la main. Voilà notre récompense : après sa disparition, la vraie, la seule, nous avons enfin droit à la reconnaissance maternelle. Trois lignes d'amour posthume, à voix basse, mais d'amour, aucun doute.

Le bureau des pompes funèbres de la Ville de Paris est un simple Algeco posé à l'entrée de Bichat. Je crois que l'homme enjoué qui nous y accueille est homosexuel, et je ne sais pas pourquoi je m'amuse à le préciser. « Homo, c'est sûr.

— Mais pas du tout, il avait une alliance.

— Et alors ?

— N'importe quoi ! »

Nous sommes tendues, agrippées à cette journée commencée près de vingt-quatre heures plus tôt, hâte qu'elle finisse, et en même temps non, faites qu'elle dure encore, ce n'est pas tous les jours la mort d'une mère, il faut le temps de saisir, n'est-ce pas.

Les cercueils se choisissent sur catalogue, il y a des coquetteries de clous, des poignées inspirées de toutes les époques, des effets d'ébénisterie parfaitement assortis aux salles à manger rustiques proposées par toutes les grandes surfaces de toutes les rocades des villes de France, certains modèles sont peints en noir, d'autres sont en bois exotiques rares. Ensuite il y a l'éventail de capitons, du satin rouge, de la dentelle volantée, de la soie brodée or, au choix.

Nous éclatons de rire, notre rire ressemble à une échappée nerveuse, nos personnes sous le coup d'une explosive sidération. L'homo avec alliance comprend, nous dit-il, nous traversons un moment difficile. Mais non, tu ne comprends pas, on rit pour de vrai, si tu savais ! Nous voulons quelque chose de beaucoup plus simple et sobre, du Conran Shop, ou au moins du Ikea, et puis du lin blanc, un truc qui ressemblerait à ses draps, et à ses fameuses bibliothèques en chêne brut, un cercueil épatant, en quelque sorte. Tu piges ?

« De toute façon, maman désapprouverait n'importe lequel de nos choix », dit Émilie, mais enfin toutes les trois sommes implicitement d'accord : on ne peut pas lui faire ce coup-là, à notre mère, ce n'est pas possible. Il y a des limites à la désobéissance. Chez moi, je mets un malin plaisir à conserver les verres à moutarde, à m'en servir de verre à eau, mais c'est une rébellion facile : maman n'est jamais venue à la maison, elle ne connaît pas mes verres à moutarde.

L'homo avec alliance croit que nous radinons, il voit en nous des pingres patentées, filles ingrates accrochées au premier prix. Mais tu ne peux pas comprendre, tu ne connais pas maman, le rustique, c'est juste pas envisageable. Et en même temps, ce que je n'ose ajouter, ni même réellement penser, c'est qu'après tout, dans la mesure où tout ça va finir au feu, il ne paraît pas si déraisonnable d'opter pour le moins cher.

L'urne, ensuite : il y a les biodégradables, c'est plus simple, tu jettes l'ensemble, par tous les temps, par tous les vents, mais c'est comme les voitures électriques, plus coûteux. Sinon, il y a le cendrier, « Encore un premier prix. Oui, on appelle ça comme ça. » Pour une fumeuse, ça colle bien, non ?

Anne a commandé un café mais accompagné d'un grand verre rempli de glaçons dans lequel elle compte le transvaser, Émilie un noisette mais lait froid avec un verre d'eau, et moi un crème très chaud, mais surtout sans mousse. Pas de sucre. De notre enfance, nous avons hérité une même relation complètement déglinguée à la nourriture, tout ce que respectivement nous absorbons confronté à un contrôle aux frontières, éminemment surveillé, sélectionné, filtré, compté, réfléchi. Oui, nous réfléchissons tout ce que nous mangeons, ou buvons, même si cet acte-là, fossile tellement marquant, tellement intime, nous évitons d'en parler, sans doute parce qu'il passerait par l'aveu d'un traumatisme, cette fois insurmontable, infligé par notre mère.

Mais enfin, dans le bistrot en bas de chez elle, les pompes funèbres réglées, nous avons d'autres chats à fouetter.

« On abandonne la possibilité de la mer. Je ne monte pas sur un bateau. Rien que d'y penser, je vomis.

— Mais enfin, Anne, on ne va pas s'emmerder avec ça ! On peut juste jeter les cendres du rocher, en bas de chez elle.

— C'est interdit par la loi. Je suis complètement contre.

— Mais qui va nous voir ?

— Moi je pense que le jardin, c'est mieux. Maman adorait son jardin.

— On pourrait faire moitié-moitié, non ?

— Hélène, ce n'est pas drôle.

— Mais je ne rigole pas ! Comme ça, au pire, si on prend un bateau, Anne tu n'es pas obligée de venir, puisqu'on aura déjà jeté la moitié de maman dans son jardin.

— C'est glauque, non ?

— Bah oui, c'est glauque, mais mieux vaut en rire, non ?

— Non. Ça ne me fait pas rire du tout, Hélène. »

« On dirait maman », avertit le regard d'Émilie. Maman : une forcenée de la désacralisation, et en effet, à présent que ma petite sœur me le reproche, je réalise combien il m'arrive à mon tour de recourir à cette sorte de stratagème. Pourtant, à moi aussi, sa désinvolture a si souvent semblé une calamité.

« Vous lui avez pris quoi, comme vêtements ? »

Le choix du haut s'est fait tout seul : dans la commode, un T-shirt à fines rayures noires et blanches dans lequel nous avons vu maman plusieurs fois trône au sommet de la pile. Dans son placard, ses nombreux pantalons se ressemblent tous, amples, à taille élastique, j'en ai choisi un au hasard. Pour les chaussures, ça a été plus problématique : un amas de paires envahit son dressing, toutes usées, érodées, tristes mines de modèles de vieille fille. Maman souffrait depuis longtemps des pieds, mais enfin, de telles concessions, de sa part, sont stupéfiantes. Ou bien les appréciait-elle vraiment, ces chaussures ? J'ai fini par prendre des sortes de ballerines jaunes, tout simplement parce que les deux pieds étaient là, en évidence, et, ai-je envie d'ajouter, pas trop pourris. J'ignore encore que, dans les mois à venir, je vais m'en vouloir, un reproche en sourdine mais toujours présent, d'avoir fait le choix beaucoup trop hâtif de ces chaussures que je trouvais affreuses, et qui n'allaient pas du tout, ni avec le T-shirt rayé, ni avec le pantalon en tweed.

Mais Émilie approuve, elle aussi connaît bien ces vêtements, et les chaussures ne la choquent pas, de toute façon elle n'appréciait pas le style de maman.

« On aurait peut-être dû apporter des bijoux. Des boucles d'oreilles, en tout cas, non ? J'aurais dû y penser.

— Ils n'ont rien dit sur la question.

— Elle avait lesquelles, quand elle est tombée ?

— Je sais pas. »

Notre mère portait ses paires à la même oreille, deux trous, deux boucles identiques, côte à côte, bijoux précieux ou simples pacotilles, sans distinction. Un vrai truc de femme qui préfère aussi les draps de lin à la couette. Et à présent qu'elle est assise là, en face de moi, je remarque qu'il en va de même pour Anne. Deux trous, une paire, même oreille. Elle est gauchère, aussi, comme maman. Contrairement à ce qu'affirme Émilie, je ne suis pas seule héritière.

« Je ne sais même pas pourquoi il fallait lui prendre des chaussures.

— Ce n'est sans doute pas une obligation. Seulement une manière de faire en sorte qu'elle se ressemble. »

Maman est morte depuis douze heures à peine, et je ne sais déjà plus à quoi elle ressemble, justement. Le corps contemplé le matin même dans la chambre mortuaire paraissait complètement désincarné. Une sorte de copie ratée, musée Grévin, elle mais sans elle, pas de dureté, pas d'orgueil, pas de cette expression de sang-froid si caractéristique. Discrètement, j'ai sorti une petite paire de ciseaux et coupé deux ou trois mèches de cheveux. Anne n'a rien vu, ce fétichisme sentimental lui semblerait malsain, mais à Émilie j'ai proposé de partager les mèches. Dans notre enfance, il y avait un cadre du XIXe siècle accroché au mur de la salle de bains. Il renfermait un décor romantique fait de cheveux.

Il nous a suffi d'une seule fois pour prendre l'habitude d'aller et venir. De chez maman au bistrot d'en bas. Du bistrot d'en bas à chez elle. Aussi naturellement qu'au moment du cancer, comme si nous avions fait ça toute notre vie, le code de la porte déjà un automatisme. Anne emprunte l'escalier, elle choisit l'effort, toujours. Nous la suivons de quelques instants, l'ascenseur est lent. À l'intérieur de l'appartement, Émilie s'est dirigée directement vers la chaîne stéréo, et nous savons sans nous consulter de quelle musique il va s'agir. Émilie aime entretenir la douleur, toutes les douleurs, sa capacité de larmes très supérieure à la moyenne, trop de pleurs tuent les pleurs j'ai souvent envie de lui dire, mais enfin pas cette fois. « C'est notre mère, quand même ! » voilà exactement les mots qu'elle a prononcés lorsque depuis la plage de la Pointe Rouge, à Marseille, je lui ai annoncé l'AVC. « C'est notre mère, quand même ! » et des sanglots. Tu as raison, Émilie, ce n'est pas drôle du tout : les *Moments musicaux* de Schubert, interprétés par le pianiste Alfred Brendel.

Nous étions petites filles, maman passait ce disque en boucle, il fallait nous convaincre qu'il n'était rien de plus beau ni de plus triste que cette musique, alors elle nous racontait l'histoire narrée par ces notes, il était question de forêt, de jeune femme courant follement à travers bois.

« C'est Alfred Brendel qu'il faudrait inviter à la crémation ! dit Anne. Est-ce qu'il y aurait un moyen ?

— T'es dingue !

— Mais non, pourquoi pas ? »

Eh oui, pourquoi pas ? Là, franchement, on marquerait de sacrés points, on serait de sacrées filles. Maman l'affirmait, l'assurait, le certifiait, Schubert par Alfred Brendel, sinon rien. Alfred Brendel, sinon rien. Aucun autre interprète ne trouvait grâce à ses yeux. C'était comme ça. À chacune de ses assertions, nous pouvions devenir apôtres, comme tant de ses amis, ou au contraire prendre le contre-pied, ce que tant de ses amis finissaient par faire, fatigués de contester dans le vide. À l'époque, j'étais complice aveugle tandis qu'Anne et Émilie adoptaient la posture ennemie. Mais là-dessus, ça ne change rien : Alfred Brendel, tu nous racontes notre vie. Mes sœurs échangent sur les opus, les *do* majeurs et les mouvements, elles n'ont jamais cessé de jouer du piano, notre professeure s'appelait Laurence Doner, je détestais ses cours, je détestais cette obligation, j'ai arrêté. J'ai arrêté tellement de choses, la danse, le théâtre, l'italien et aussi la natation, c'était ma manière d'imposer mon choix, de me prendre pour une adulte.

Nous nous sommes installées dans le salon, cette musique c'est notre madeleine, nous n'imaginions pas à quel point. Anne et Émilie les connaissent par cœur, ces *Moments musicaux*, moi aussi, mais mon par cœur est autre : je ne sais rien de la musique, je suis seulement rattrapée par une forêt, et cette jeune femme courant follement à travers bois. Évidemment, en chœur nous souhaitons que ces morceaux accompagnent la cérémonie de crémation. Il faut choisir les bons passages. Je vous laisse faire, les filles. Bien sûr. Aucun souci. Pas de problème. La mort de maman produit cet effet : une attention à nous entendre, une volonté d'être d'accord. Toutes les trois, nous prenons des gants, mais avec plaisir, je crois. Pas d'obligation, juste un désir. Un ange passe qui avait déserté depuis tant d'années.

Sur la table basse, entre nous, toutes les habitudes de notre mère sont encore là : l'un de ses petits carnets, un paquet de cigarettes Kool entamé, des pistaches sur une assiette en terre noire, des bergamotes de Nancy, « son » bonbon, une autre paire de lunettes, des crayons à la mine cassée, un livre de décoration, et son Kindle dont elle ne se passait plus, alternant romans de Jane Austen relus des centaines de fois et puis de nouveaux auteurs qu'elle était toujours, mais vraiment toujours, la première à découvrir. Toutes ces choses, sur cette table, qui lui survivent : elle n'était donc pas si terrible que ça, cette femme, pour perdre la partie contre une bergamote, une pistache, un morceau de tissu. D'ailleurs, à présent que nous nous posons, dorlotées par Schubert et Alfred Brendel, le caractère chaotique, bancal de son monde nous saute au regard : la table basse est une ancienne porte posée sur des briques, couverte de traces et de taches, une étagère de brocante ne tient qu'à un petit clou, des tiroirs ferment mal, les meubles industriels en métal mériteraient une couche de peinture. C'est désolant, tout de même, autant d'effritement visible à présent que sa tonitruance s'est tue. Et pourtant nous ne voulons être nulle part ailleurs que dans cet appartement, ce lieu coupé du temps, l'endroit où prolonger la vie de maman et surtout attester de sa mort, là où réside la preuve de son absence définitive : nous sommes là, nous touchons à tout, nous prenons possession de l'endroit et elle ne dit plus rien, elle s'en fout.

Mais enfin, tout aussi concrètement, il faut préparer la cérémonie de crémation, convier son monde. Alfred Brendel poursuit, imperturbable, tandis qu'Anne s'y attelle, procédant par ordre alphabétique d'une part, d'un carnet d'adresses à la mémoire du téléphone portable ou de l'ordinateur ; par ordre chronologique de l'autre, remontant le temps, et la pile d'agendas, à la recherche de noms de notre passé.

Nous avions des couleurs attitrées. Anne le bleu, Émilie le marron, moi, Hélène, le violet. Chaque fois que l'on nous offrait de nouveaux habits, ou jouets, systématiquement ils s'accordaient à nos gammes respectives. D'où nous venaient ces nuances ? Maman les avait-elle décrétées, sûre toujours de l'exactitude de ses goûts ? Ou bien était-ce une manière de nous distinguer ? Régulièrement, il m'est arrivé d'évoquer ce pli de notre chez-nous quand il s'agissait de raconter ces si grandes différences entre mes sœurs et moi. À l'instar de ma « connasse de mère », je faisais mon intéressante (l'une des vocations du violet, peut-être) en affirmant que ces couleurs imposées, entretenues dès le commencement, forcément marquaient l'ensuite, des sortes d'orientation de caractère. J'ajoutais qu'ensemble, ces couleurs ne s'accordaient pas franchement, bleu-marron-violet, et « ceci explique peut-être cela », nos trajectoires rarement croisées. Enfin, je concluais sur ma chance d'avoir hérité de la nuance la plus délurée – dans les années 60 au moins, lors de notre enfance – quand les deux autres se voyaient désigner des choix, l'un plus raisonnable, l'autre plutôt sinistre. Néanmoins, alors qu'Anne reprend les carnets, à l'affût des coordonnées de l'entourage de maman, il me vient à l'esprit que, peut-être, oui, voilà, peut-être, son bleu est un cadeau : elle dit qu'elle va appeler le notaire, et la femme du viager, elle dit qu'elle peut s'occuper de prévenir l'assurance, la Sécurité sociale, les impôts, Orange, EDF, la caisse de retraite, la banque, le syndic, elle dit qu'elle va voir comment procéder avec le licenciement de l'homme de ménage, elle dit qu'il faut faire attention à ne jeter aucun papier administratif, elle dit qu'elle peut contacter les clients pour lesquels maman travaillait encore et décommander ses rendez-vous à venir avec son ostéopathe et le dentiste. Elle dit que c'est important d'être ensemble.

Le bleu d'Anne : un gage de raison, de droiture, le sens des responsabilités. Le bleu d'Anne n'est pas seulement cette couleur glaciale de notre enfance, lorsqu'en permanence elle rechignait, avec les parents comme avec nous, finissant tant de repas familiaux dans sa chambre, la porte claquée, mal dans sa peau, mal embouchée ou malheureuse peu importe, à la longue, son pied toujours gauche bouscule la vie de tous les jours.

« Vous vous souvenez, nos couleurs, les filles ? » Mais oui, elles s'en souviennent. « C'était typique d'Edith, il fallait qu'elle ait l'impression de tout contrôler. » Le bleu ne déteint pas seulement sur la nature parfaitement organisée d'Anne, il est mur étanche, mur de béton qui la met à l'abri de l'affect. Elle dit « Edith », jamais « maman ». Elle n'embrasse pas. Personne. Et, sans peur, jette des pavés dans la mare : « Je trouve ça complètement nul », annonce-t-elle au beau milieu du dîner, alors que notre mère est en train de nous raconter un livre, un film ou un nouveau boulot, et puis elle ajoute : « Tu crois que ça m'intéresse ? » Pourquoi faire l'effort de sourire quand on n'a pas envie de sourire ? À l'âge de dix-sept ans, il est grand temps pour notre sœur aînée de se débarrasser de nous : elle s'en va étudier de l'autre côté de l'Atlantique, aux États-Unis.

Émilie, elle, détestait son marron. Elle affirme qu'il s'agissait comme d'habitude d'un abus de pouvoir. Dans la cuisine, elle a entrepris de vider et nettoyer le réfrigérateur de fond en comble. À présent que maman est morte, tout ce qui est entamé paraît d'une repoussante traçabilité, touché par la mort, contagieux, dégoûtant de vie d'avant, d'intimité étrangère. Comme son tube de dentifrice. Comme sa poubelle encore pleine. Mais je crois que ce n'est pas ce qui motive Émilie. Le ménage lui permet avant tout de s'approprier une part de la réalité, et d'en être, elle qui passionnément, obstinément, s'estime laissée-pour-compte. C'est pour ça qu'elle s'est attaquée à la cuisine, pour qu'à elle aussi l'instant et la mort de maman appartiennent. Du coup, grâce au réfrigérateur, nous échappons à son amertume, à sa manière si bien connue de battre en retraite, de se recroqueviller dans le silence et la certitude que nous méprisons son avis, ses compétences, sa personne. Le silence d'Émilie, bouillonnant de rancœur, est un classique. Pourtant, sur les photos de notre enfance, elle arbore des couettes comme des clins d'œil, du haut de ses dix ans, un peu avant, et encore après, je l'ai dit, sa malice triomphe, y compris de ses robes marron, elle nous rit au nez, elle n'a peur de rien et certainement pas des fautes de français de ses meilleures amies. À quel moment son effronterie s'est-elle métamorphosée en amertume ? Je l'ignore. Je n'ai jamais pris la peine de le lui demander. Sa paranoïa rend le contact fragile, périlleux, un parcours d'obstacle, on marche sur des œufs, des œufs chaque fois se brisent. Reste que ces temps derniers, elle a commencé à affirmer avoir toujours été comme ça. Depuis sa naissance et ses premiers mois durant lesquels nos parents auraient négligé de la prendre dans leurs bras. À près de cinquante ans, c'est devenu son histoire favorite, cette absence de contact du tout début. Elle mène son enquête, interroge, sauf maman, dont elle redoute sans doute la réponse, quelle qu'elle soit, et voilà qu'elle peut à présent l'inventer, cette réponse de maman, imaginer son pire de prédilection.

Pourtant, dans la cuisine comme partout, Émilie sifflote. Cette fille est une siffloteuse. C'est son truc, irrésistible de charme, tout enfant elle sifflait déjà, et comment une femme ainsi empêtrée dans le malheur, dans le marron, peut-elle, à tout bout de champ, faire l'oiseau insouciant ? Chaque fois que je l'y surprends, il me semble que c'est un reste de joie, justement. La joie d'avant ce jour – mais quel jour ? – où elle se déclare indésirée, et du coup indésirable, certitude qui, en effet, plus jamais ne la quitte. D'où son choix de fuir elle aussi, une fuite brandie comme la preuve même de notre désaveu. Elle ne part pas loin, en banlieue seulement, mais elle se désolidarise de ses racines et tient à s'attacher à tout ce que notre éducation méprise : les campings, Patrick Bruel, le fard à paupières turquoise et une cérémonie de baptême pour son fils. De notre passé, elle ne conserve que le piano, et la psychanalyse, à laquelle elle s'en remet, d'un divan au suivant. Y évoque-t-elle sa couleur ?

« Le bac à légumes est dégueu, le congélo rongé par le givre. C'est sale, maman était sale. Vous vous souvenez de ses ongles ? Elle ne s'occupait jamais de ses ongles. »

Le sifflotement. Anne ne répond pas. Je ne sais pas si elle pense aux œufs qu'il ne faut pas casser, ou si elle est simplement concentrée. Jamais la question de la saleté n'a effleuré mes souvenirs. Et mes ongles ressemblent à ceux de notre mère. Je les regarde, ils sont sans commentaire, irréguliers, vaguement négligés, une preuve d'absence de coquetterie, une vraie fausse preuve peut-être, mais enfin, « sales » ?

« Mais oui, tout était sale. »

D'une pièce à l'autre, j'ouvre les tiroirs, les placards, la penderie, je ne me lasse pas de cette effraction légitime, j'observe, je touche, je tripote, au fond de moi palpitent, de concert, le chagrin et la griserie, je suis cette petite fille à qui l'on confie la clef du coffre, tous les interdits ont sauté, il y a tellement de choses chez maman, des milliers d'objets, de carnets, de vêtements, de bijoux, de trombones, de tableaux, de photos, de lettres, d'échantillons de tissus, des machins et des livres et de la vaisselle, des boîtes renfermant des boîtes renfermant des perles, ou des rubans ou des lunettes, et encore des vases. Et oui, de la poussière, et alors ? C'est extraordinaire de fouiller ainsi dans sa vie, elle qui ne nous y invitait pas, c'est phénoménal, tout de même, de visiter sa mère, d'observer, derrière son dos, mais entièrement, ce fameux goût qu'elle se plaisait à confondre avec le bien, cette obsession du style substituée, au fil des ans, à tout le reste. Vraiment, les filles, vous n'avez pas envie, vous aussi, de vous balader librement en elle ? Je les fais rire, je suis celle qui fait rire, oui Émilie, je sais, ce n'est pas forcément une qualité. De toute façon elles ne me répondent pas, trop de saleté, pas de curiosité, d'autres priorités plus urgentes sans doute, cette vie n'est pas la leur, pas encore, pour l'instant, elle reste la vie de quelqu'un qui a beaucoup gâché leur existence. Et puis c'est moi qui ressemble à maman, pas elles, à nouveau Émilie le fait remarquer. Et pas seulement pour les ongles. Sur ce coup-là, elle a raison. J'ai l'impression de partir à la découverte d'un inconnu parfaitement familier, je reconnais tout, même ce que je ne connais pas. Tous ces petits trucs cassés, aussi, et que maman a conservés. Elle n'était pas sentimentale, elle gardait dans le but de réparer, ou de recycler, mais enfin, à moi il me semble que ces vestiges vont si bien avec la mort. Et soudain ce collier en pièces, cette poignée décousue, ce trou de cigarette dissimulé sous un coussin, tout ça me rappelle combien j'ai aimé cette femme, avant de la haïr.

Notre mère est l'aînée de cinq enfants, la seule fille aussi. En 1956, elle a dix-sept ans et obtient une bourse pour partir étudier aux États-Unis. Mon père et elle se connaissent et s'aiment déjà. Mais elle part, sans la moindre hésitation, pressée de se lancer dans une aventure qui n'appartiendrait qu'à elle. Nous ne sommes pas encore nées, nous n'arrivons que dans les années 60, mais cette vie de maman aux États-Unis fait néanmoins partie de notre histoire : nous sommes les filles de cette jeune fille qui a préféré l'Amérique à l'amour, la liberté d'abord, de cette Française qui depuis choisit de ne lire qu'en anglais, de cette femme libre qui a commencé par des études de chinois avant de se lancer dans la couture pour enfants, avant de se retrouver spécialiste du maillot de bain, avant d'élargir sa création au monde du design et de la décoration. Parcours de farouche indépendance, parcours inventé au fur et à mesure qu'il advient, et, à mes yeux d'adolescente, parcours exemplaire. Parce qu'il donne l'impression de ne se soumettre qu'à lui-même, pas de hiérarchie ni de contraintes, rien qu'un destin. Je voudrais être elle. Mes jeunes années durant, je voudrais la devenir. Ce qui finit par poser un problème. Maman tient absolument à être la seule à être elle.

Dans un panier plein d'étoles et de foulards de toutes les époques, je retrouve cette écharpe longue et fine en crêpe à motifs rouge et blanc, cette écharpe de cet autre siècle, lorsque je voulais être elle. Elle me faisait envie, je la trouvais élégante. Maman l'attachait autour de sa tête, de son cou, de sa taille, libre de la porter à sa guise. Et oui, voilà, comme je la désirais moi aussi, cette guise. Mais elle ne compte pas la partager. Pas de place pour deux fois elle. Du coup je m'en vais à mon tour. Ou bien me pousse-t-elle dehors ? Moi qui préfère le romanesque au réel (le violet, décidément), je fais comme dans un roman, je me mets à tomber malade, à vouloir mourir. Les hôpitaux psychiatriques sont alors ma porte de sortie. Un vrai mélodrame, dont je ne garde plus de souvenirs. Sauf celui-ci : je dois avoir vingt-sept ou vingt-huit ans lorsqu'un psychiatre, « mon » psychiatre, me lance cette phrase inouïe, cette phrase qui devient le sésame ouvre-toi de mon avenir : « On n'est pas obligé d'aimer sa mère. » Je le crois. Ma vie commence. Je vais être heureuse.

« Vous vous souvenez, cette écharpe, les filles ?

— Mais carrément ! Elle sent encore maman. » Du bout des doigts, Émilie l'effleure, la respire, un rien méfiante : « Direct poubelle, non ? » Je ne sais pas. Est-ce qu'on a le droit ?

Une vaste cour sépare la rue de l'immeuble de notre mère et, peut-être est-ce le fait de sa grande taille, cette adresse bénéficie d'un tri sélectif ultra pointilleux. On ne mélange plus rien ici, ce qui affole mes sœurs lorsque nous descendons trois gros sacs-poubelle, tous détritus confondus (à part le verre bien entendu, et je n'ose pas leur avouer que chez moi, dans le minuscule réduit de mon petit immeuble, je continue de le mêler au reste). Elles se mettent à trier, brasser, jusqu'aux épaules, et que faire de ce vieux carton rempli de tissus : poubelle papier ou poubelle textile ? Et le cuir, que fait-on du cuir ? Ce qui me permet, au passage, de réaliser qu'Émilie s'est débarrassée des packs de jus de fruits frais, pas même entamés.

« Ils sont biodégradables.

— Oui mais ils sont pleins.

— Mais qui veut boire les vieux jus de maman ?

— Mais ils ne sont pas vieux.

— Oui mais ils étaient à maman. »

Anne, elle, continue de trier, avec la même méticulosité exactement que celle avec laquelle, un peu plus tôt, elle recherchait les coordonnées des gens à prévenir.

« Personne ne nous voit, allez, les filles, on s'en fout, on jette.

— Mais non, pas question. »

Du coup, je les aide, par impatience, surprise de constater, et d'ailleurs nous nous en faisons la remarque, qu'en dépit de notre décision de ne rien jeter avant d'avoir rencontré le notaire, nous sommes tout de même parvenues à rassembler trois grands sacs de riens, ou de presque riens.

« Ces sacs sont nuls.

— Tu as un avis sur les sacs-poubelle, Émilie ?

— Évidemment.

— Hélène, tu ne devrais pas jeter ton mégot comme ça. Edith faisait pareil, c'était exaspérant.

— Mais je l'ai passé sous le robinet.

— Quand même, on ne met pas ses mégots dans la poubelle.

— Et qu'est-ce qu'on fait des jus de fruits ?

— On les bazarde.

— C'est idiot, si on les dépose sur le trottoir, ils pourront profiter à quelqu'un.

— Non, c'est interdit.

— Mais pas du tout. »

Dans la rue, Émilie, empêtrée de complications, toujours, s'éloigne pour téléphoner (phénomène d'autant plus étrange qu'en général, elle ne répond jamais quand on l'appelle), je traverse en diagonale, naturellement j'emprunte le chemin le plus direct vers le bistrot où une fois encore nous retournons, mais Anne, elle, poursuit jusqu'au passage clouté, ce qui la contraint à un angle droit. Je suis déjà assise lorsqu'elle me rejoint, son zèle civique est son mystère à elle, elle en a d'autres, par exemple un peu plus tard quand Émilie lui propose de la raccompagner en voiture (leurs adresses respectives relativement proches), elle préfère sans discussion possible marcher et prendre le métro. « Mais venez dîner à la maison », elle ajoute. Nous déclinerons : cette journée va durer plusieurs jours encore, jusqu'au mercredi 27 mai, 11 h 30, crémation au Père-Lachaise. Il nous faut reprendre notre respiration, notre souffle, un peu de notre vie.

Au bistrot, nous faisons le point avant de rédiger, puis d'envoyer, le message par mail et SMS, une première liste établie, c'est déjà bien, même si Anne se laisse absorber par une absence, une seule, celle de Mme Legrand, dont nulle part nous n'avons retrouvé les coordonnées, Mme Legrand, cette femme qui si longtemps a vécu à nos côtés, faisait le ménage, et le repassage, et les repas qu'avec nous elle partageait, membre de la famille à part entière, confidente d'Émilie, respectée par notre sœur aînée qui quarante ans plus tard continue de penser à elle le jour de son anniversaire. Une honte furtive me revient : j'écrivais dans des cahiers, des histoires, des commentaires, des petites choses intimes de petite fille. Je laissais tout traîner sur mon bureau, dans ma chambre. Je ne redoutais pas que Mme Legrand lise. Son opinion, son regard ne comptaient pas pour moi.

« J'étais sûre qu'Edith et elle se parlaient de temps en temps. Je ne comprends pas. » Avant Mme Legrand, il y avait eu Aline Roussel. Nos parents n'avaient pas encore divorcé, elle vivait avec nous la semaine, et rentrait le week-end retrouver sa fille à Évreux. Les jeunes filles au pair norvégiennes s'occupaient de nous, Aline prenait en charge le reste. Mais Aline Roussel n'est pas un souci car depuis tout ce temps, un demi-siècle, Anne a gardé le contact. « Qu'est-ce que tu veux dire, tu as gardé le contact ? Vous vous écrivez ? Vous vous parlez ? » Oui, au moment des fêtes, elles échangent.

« Mais vous vous racontez quoi, avec Aline Roussel ?

— Rien de particulier. On se tient au courant. »

Enfant, personne ne comprenait l'apparente insensibilité d'Anne : elle était ravissante, bien entourée, alors pourquoi tant de dureté ? Si je m'en souviens aussi bien, c'est parce qu'il me semble que depuis tout ce temps, elle n'a pas réellement changé. Elle me fermait sa porte lorsque j'étais sa petite sœur, elle a détourné le regard lorsque je lui ai présenté Pierre, mon mari, pas une fois elle ne m'a posé de questions sur ce que je faisais, pas une fois elle ne s'est attendrie sur le pessimisme d'Émilie. Mais enfin elle écrit à Aline Roussel.

« On met quoi ? *Douleur ? Tristesse ? Extrême douleur ? Soulagement ?* Non pardon, pardon, ce n'est pas drôle, je sais. » Moi dont l'écriture est le métier, je ne trouve pas les mots. « Rester factuel », dit Anne. « Oui mais c'est notre mère, quand même », répète Émilie. Alors ? Alors on achète *Le Monde* et on regarde quelles sont les formules employées à la page du Carnet. On copie sur la mort des autres. Si ça n'avait tenu qu'à moi, j'aurais mis « drame », « sidération », « désarroi », j'aurais fait ma violette, mais nous sommes trois, et ils sont nombreux, et variés, ceux à qui nous nous adressons.

Maman avait des amants, des amies, des voisines, et des ennemis. Elle flirtait avec les hommes, riait avec les femmes, s'occupait avec ses voisines, et puis venait le temps des lassitudes, des engueulades, des ruptures brutales, je l'ai dit, ceux qui ne prêtaient plus allégeance passaient dans le camp adverse. Mais nous prévenons tout le monde, sans distinction, parce que, comme notre oncle Joaquim nous l'a écrit cet après-midi même dans un mail adressé à toutes les trois, elle ne laissait personne indifférent, et parce que « c'est en réaction à sa présence, et parfois contre elle, qu'il nous a fallu, les uns et les autres, nous construire ». Alors nous faisons un tir groupé, ça nous convient, mais enfin Anne ne renonce pas : elle va continuer de chercher Mme Legrand. Un seul être vous manque et tout est dépeuplé ? « C'est ça », répond-elle, sans rire, et il me vient à l'esprit que c'est peut-être là encore son héritage, un sentimentalisme qui tient à avancer masqué. Quelles incidences les ont-elles poussées, maman et elle, à ne jamais laisser poindre l'affection de proximité ?

Je rentre à pied, mais en vérité, je ne rentre pas vraiment, et sans doute en va-t-il de même pour Anne et Émilie, car où peut-on bien rentrer quand tout vous ramène à l'avant, un fouillis d'images éparpillées dans la tête, avalanche monstre de souvenirs furtifs, les uns poignards les autres soleils, tout cela dont on souhaitait qu'il se soit évaporé, parce qu'à quoi bon une psychanalyse, la maturité, l'expérience et grandir, sinon ? Faut-il que morte notre mère prenne encore plus de place ?

Naturellement, nous allons nous retrouver le lendemain, dimanche 24 mai, et reprendre notre ballet du bistrot à l'appartement. Dimanche, nous voulons sortir de leurs petites boîtes, de leurs petits étuis, de leurs petites pochettes tous les bijoux de maman, et les étaler sur la table, et les regarder, et les essayer, exactement comme nous adorions le faire quand nous étions petites, nous déguiser en maman. Notre jour continuera de se dérouler à reculons, mais en attendant, je vais passer la soirée en suspens, et à boire, moi qui ne suis pas vraiment autorisée à le faire, ma peau ne le supporte pas, oui, voilà, je vais boire du vin jusqu'à plus soif ni conscience parce que merde, c'est quoi ce truc, maman nous envahit et, je le jure, nous en sommes comblées.

Mon téléphone portable ne cesse plus de vibrer, j'imagine qu'il en va de même pour ceux d'Anne et d'Émilie, le message est passé, tous ces gens qui pensent à nous, des « je vous embrasse » et des condoléances, des mots convenus, d'autres moins dont il ressort que nous sommes les héroïnes du moment, position aussi illégitime, imméritée que celle de la mariée, mais enfin on le prend, ce quart d'heure de célébrité, parce que tout de même, on l'a bien mérité.

Tous mes verres me sont offerts, merci mon quartier, merci les amis, nous sommes les filles d'Edith, et à présent nous découvrons que ce n'est pas seulement une malédiction, mais une consolation aussi, et peut-être même un heureux hasard. Il y a cette autre phrase de notre oncle Joaquim : « Edith n'a pas été une mère facile, et elle était exigeante. Mais ce que je crois profondément, c'est que cette exigence était toujours un compliment. »

Au commencement, au temps de notre petite enfance, nous étions ses cobayes de prédilection qu'elle entraînait avec elle. Pour nous, maman tricotait des pulls, inventait des robes, fabriquait des maisons de poupée, des animaux en paille. Pour nous, elle passait en boucle les pièces pour piano de Schubert par Alfred Brendel. Elle consolait des mauvaises notes, et, plus tard, lorsque nous sommes passées à l'adolescence, acceptait naturellement nos premières nuits d'amour dans nos chambres respectives. Elle comprenait. Maman se fait une gloire de comprendre : elle allume l'une de ses Kool menthol, et comprend. L'homosexualité, la dépression, le sexe, les cigarettes, tout ce que dans les années 60, avant Mai-68, les autres femmes de son milieu ne comprennent pas forcément, surtout s'agissant de leur propre progéniture. Mais elle, elle comprend tout. Même et surtout la nécessité pour des enfants d'être inlassablement poussées vers l'âge adulte. Notre famille est aisée, il n'empêche, nous avons à peine seize ans lorsque chacune de nous commence à consacrer ses étés à de petits boulots. Gagner ses vacances, son argent de poche, une première forme d'indépendance. Et partir. Maman ne nous retient pas, certainement pas. Elle veut nous apprendre à ne pas avoir besoin d'elle. Est-ce la raison pour laquelle elle proclame, de plus en plus haut et de plus en plus fort, qu'elle n'a pas besoin de nous ? Sa mort fait-elle partie du plan ? Démerdez-vous, allez ! Aurions-nous, finalement, été bien élevées ?

Je bois un dernier verre, un dernier, promis, et c'est ce que j'explique à la cantonade du bar : des restes de notre enfance, il y a nos fuites, nos névroses, nos rancœurs, nos gouffres de différence, mais de la politesse aussi. Nous ne sommes pas des enfants gâtées. « Ma connasse de mère » nous a appris la civilité.

Voilà le résultat : nous savons d'emblée qu'il n'y aura aucune dispute, nous étoufferons les désaccords, l'héritage n'est pas un droit. De maman nous ne réclamons rien. De sa mort, nous acceptons les honneurs, le partage sans heurt, toi d'abord, non toi, et nous voulons que ses amis, les frères, les cousins, ceux qui restent choisissent eux aussi un petit morceau de son goût. Nous allons conclure son existence par une sorte d'hommage : sa maison est un magasin de curiosités au sein duquel chacun pourra se servir, et ce style qui lui survit, ces centaines d'assiettes, d'objets, de meubles, de tableaux, de livres, de tissus, ne seront pas seulement des souvenirs, mais de petits trésors, aimés – ou pas – en tant que tels. Maman aurait apprécié. Sans l'ombre d'un doute.

Aucune de nous trois n'a vraiment dormi, nos gestes un peu lents, nos traits un peu fripés, nous nous retrouvons autour de la longue table, un plateau en Formica posé sur des tréteaux, son ancien bureau, là où, ces dernières années, maman organisait ses dîners. Donc, les bijoux : nous avons tout sorti, les boucles d'oreilles, les montres, les bagues, les broches, les colliers. Elle ne portait plus de bracelets. Les bijoux de maman ne sont pas des vestiges comme les autres. À l'instar d'Alfred Brendel, ils sont une part prégnante de notre vie, de notre identité, même.

Il y a ceux qu'elle achetait dans une petite boutique, à deux pas, des boucles d'oreilles à cinq ou six euros dont elle se vantait de comprendre la valeur, malgré un prix de rien.

À Noël dernier, elle nous a proposé de nous retrouver chez elle et, miraculeuse conséquence du cancer du sein, nous avons accepté. Un repas de famille comme nous n'en avions plus fait depuis notre enfance. Anne, Émilie et moi, mais aussi le mari d'Anne et leur fille aînée, ainsi que le fils d'Émilie. Pour un peu, on aurait pu croire à une scène parfaitement normale, habituelle. Maman avait dressé un couvert d'esthète, soigneusement dépareillé, préparé des plats attentifs à séduire chacun de nous, avec ou sans sauce, légumes caramélisés ou grillés, agneau fondant avec ou sans ail. Anne qui ne mange aucun sucre avait préparé un gâteau à l'orange. Maman nous coupait la parole, n'écoutait rien de ce que nous disions, l'important, comme toujours, n'était pas que nous l'aimions, mais que nous l'admirions. Il n'empêche : ce soir-là, le seul en tant de décennies, nous en avons plaisanté, nous nous sommes moquées, nous l'avons prise à la légère. Et maman a offert à chacune des filles l'une de ses paires de boucles d'oreilles de la boutique d'à côté. Je ne garde aucun souvenir de la mienne. J'ai dû la perdre, qui fait du scooter sait combien il est aisé de perdre ses boucles d'oreilles, l'une des deux au moins. Il suffit d'enlever son casque un peu rapidement. Un classique. Mais enfin, ces cadeaux si joliment présentés dans des trousses en tissu toutes différentes, maintenant que l'on y repense, que l'on s'en parle, c'était une petite déclaration, non ?

Les « vrais » bijoux de maman, eux, nous les connaissons bien, ils viennent de nos arrière-grands-parents, et puis de notre grand-mère, certains lui ont été offerts par notre père. D'autres madeleines. Depuis plusieurs années, maman a pris l'habitude de nous en donner lors de diverses occasions. Pour mon mariage, j'ai eu droit à l'épingle à cravate de mon arrière-grand-père montée en bague par ma grand-mère, un bijou un peu massif avec perle et grenats. Le jour où maman me l'a apporté, j'ai eu comme si souvent l'irrésistible envie de l'énerver, c'est-à-dire de me venger : je lui ai alors annoncé que Pierre, mon mari, et moi avions opté pour le régime de la communauté des biens universels, et qu'il était donc susceptible de la mettre également, cette bague. Nous étions dans notre habituel bistrot de rendez-vous, rue des Martyrs. Elle s'est contentée de répondre qu'il était crétin de se marier sous ce régime. « Tu fais ce que tu veux, mais c'est complètement con. » Typique : notre mère tient à ce qu'on ne la confonde avec aucune autre mère, qu'on ne la confonde avec personne. Alors elle n'interdit pas. Elle donne son avis. « Tu peux aller à cette soirée, mais je trouve ça complètement idiot. » Ce « tu peux… mais je… » est la formule de rhétorique de notre enfance. Nos amis trouvent ça formidable, la démocratie ainsi substituée à l'autorité. Pourtant, son jugement tient lieu de condamnation à une culpabilité sans fin. Une peine de petite mort. Ses trois filles le savent.

Elle possède de nombreux camées, elle portait du lapis-lazuli aussi. Un peu de corail, mais le corail, lui, est cassé. Nous essayons tout, à cet instant nous revoyons notre grand-mère plus encore que maman, une autre histoire. Nous encourageons Anne, qui porte peu de bijoux, à se servir abondamment, parce qu'elle est la seule d'entre nous à avoir deux filles. Avec courtoisie, nous énonçons nos préférences, nous choisissons ce que nous voulons offrir à nos tantes, et aux plus proches amies de notre mère, nous évoquons la personnalité de chacune et décidons en fonction. Je conserve la bague de fiançailles de ma grand-mère, une émeraude montée sur platine que maman portait au petit doigt. Mais enfin, en attendant le notaire, nous remettons tout en place. Ce dimanche 24 mai, nos oncles passent, les trois petits frères de maman, Roland, l'architecte, André le mathématicien, Joaquim, le producteur, déjà évoqué (Cyril, le quatrième, décédé voilà longtemps), et c'est à eux que nous demandons de prononcer quelques mots lors de la crémation. Eux aussi la connaissent depuis toujours, pas de rupture, et nous savons qu'ils parviendront à la raconter. Son rugissant orgueil, sa farouche intelligence, son ostentatoire culture, son rire dévastateur, son mépris de ce qu'elle ne sait pas, impossible de passer à côté. Impossible de faire comme si tout ça n'existait pas. Ils diront simplement toute cette place qu'elle prenait, parce qu'à eux, les seuls peut-être, elle ne faisait pas peur. Non pas qu'ils lui tenaient tête, ils refusaient juste de combattre. Aucune prise. Et ils possèdent son même esprit. Anne confirme qu'elle ne veut pas parler lors de la cérémonie, Émilie, elle, ne sait pas. Moi non plus. Notre mère qui tenait obstinément à avoir le dernier mot, sereinement, pour une fois, nous pensons qu'il serait sans doute bon de le lui laisser.

Bien plus tard, dans mon lit, je n'ai toujours pas envie de dormir : cela fait 44 heures et 30 minutes exactement que maman est morte, et je viens de réaliser qu'elle ne sera pas là pour la sortie, prévue d'ici peu, du troisième tome d'*Un océan de pavots,* la trilogie d'Amitav Ghosh, romancier indien qu'elle a fait connaître à tant de gens, moi comprise, et dont elle attendait la parution avec une impatience qui ressemblait à de l'avidité. Je n'ose pas réveiller Anne, mais au milieu de cette nuit, j'appelle Émilie, qui ne répond pas puisqu'elle ne répond jamais, et sur sa messagerie je dis juste « Putain, à quelques mois près, elle manque le Amitav Ghosh », à quoi Émilie ne comprendra rien puisqu'elle tient fermement à ne pas s'intéresser aux livres qui obsèdent maman. Une manière encore de l'humilier, estime-t-elle, Émilie qui lit peu. À quoi est-on certain qu'une personne est morte ? À ce qu'elle n'aura jamais, absolument jamais, l'occasion de lire le troisième tome de la trilogie d'Amitav Ghosh.

Et nous voilà lundi 25 mai, le lundi de Pentecôte, Paris est lumineux, silencieux, le silence des jours fériés, et une fois encore nous retournons chez elle, une fois encore nous ne savons pas quoi faire d'autre. Des mails et des mots continuent d'affluer parmi lesquels un adorable message d'un Fabien, un homme oublié de notre enfance, il fait partie de certains de nos souvenirs de vacances. Ce n'est pas lui qui vivait à Bordeaux ? Le message mentionne les petits mots de maman, et alors, n'en déplaise à Émilie, une fois encore, je me marre, « Lui ? Non mais n'importe quoi ! »

Quand maman ne rentrait pas seule d'une soirée, ou d'un dîner, elle glissait un petit mot sous la porte de chacune de nos chambres. Il ne mentionnait pas, ou rarement, son partenaire, les choses n'étaient pas clairement annoncées, mais nous savions. Cet excès d'attention avait double vocation : nous manifester sa tendresse, ça ne change rien, les filles, et suggérer, implicitement, que nous ne devions pas entrer dans sa chambre. Aucune de nous trois n'a jamais soupçonné ou même imaginé que ce Fabien faisait partie du lot. Et pourtant c'est bien là, noir sur blanc : « Je me souviens si bien de ces petits mots qu'Edith vous écrivait tard le soir. » « Lui aussi ? Non mais tu le crois ? Et naturellement, il était marié.

— Mais il n'était pas pêcheur, je précise, vous vous souvenez de Malcolm ? »

Une autre scène : avant son viager en Bretagne, maman possédait une maison en Irlande, un ancien presbytère dans le Connemara. Un sanctuaire, encore, entre tourbières et océan. Pour celui-ci, elle avait même eu droit à des reportages dans des magazines de design. La consécration. Ce soir-là nous sommes nombreux à table. Maman a préparé de la soupe d'étrilles, et des tourteaux tièdes à la mayonnaise. Tout le monde s'extasie : « Mais enfin d'où viennent ces délices ? » Maman répond « Les crabes ? Il suffit de coucher avec le pêcheur ». Je ne sais plus qui sont les convives, je me souviens seulement de ma honte. J'ai eu terriblement honte. Malcolm, le pêcheur. Mais enfin c'était il y a si longtemps, n'est-ce pas ?

Anne reprend le tri des papiers de la banque, et des assurances, je m'attaque à la penderie, ce qui dégoûte Émilie, « c'est sale », elle dit encore, « en tout cas c'est bordélique », je réponds, elle s'en va faire du thé, et toutes les trois nous trinquons à maman dont c'était l'indispensable drogue, un mélange d'earl grey et de lapsang souchong, un tiers de l'un, deux tiers de l'autre, elle possède une dizaine de théières au moins, toujours une à portée de main. Pas de café, jamais. À toi, maman.

Je n'ose pas demander à mes sœurs si elles imaginaient ça comme ça. Anne trouverait sans doute la question tordue, inutile, et Émilie se mettrait à pleurer. Mais le goût fumé de ce thé que je connais si bien me rappelle que ces heures dernières répondent enfin à une interrogation qui depuis toujours sommeille en moi : comment est-ce que maman va mourir ? Comment est-ce que ce sera quand maman sera morte ? Petite, cette éventualité incarnait le pire cauchemar, je voulais me faire peur, me rendre triste, le scénario reposait tout prêt dans ma tête : maman disparaissait et quels que fussent l'amour de notre père, la sollicitude des adultes à l'école, les gâteries et attentions dont nous étions entourées, nous nous retrouvions seules au monde, toutes nues mes sœurs et moi. Pire, nous ne savions plus comment respirer, comment vivre, quoi penser. Lors de ma première classe de nature, à l'école primaire, nous étions partis en Auvergne, je partageais ma chambre avec deux autres filles qui n'étaient pas mes copines. J'ai encore, inscrite en moi, la douleur du manque de maman, une sorte d'étranglement de la trachée.

Plus tard, bien plus tard, sa mort n'a plus été une menace, plutôt une curiosité, et parfois même, comme je l'ai dit, une plaisanterie, « la méchanceté conserve, elle nous enterrera tous », et puis notre père vieillissait plus vite, plus douloureusement, naturellement il a pris, lui, la place du mort à venir. J'ai même longtemps songé que la perte de maman me laisserait indifférente, comment pourrait-il en être autrement quand jamais je n'ai vraiment envie, ni de la voir ni de lui parler, quand sa manière si systématique de critiquer ses autres, tous ses autres, y compris mes sœurs (ce qu'elle doit évidemment pratiquer à mon égard lorsqu'elle se trouve avec elles), suscite tant de colère et d'impatience en moi ? Je croyais qu'une personne morte et une personne que l'on ne voit pas, ou peu, c'était la même chose. Et puis, une question surgissait qui dominait toutes les autres : lirons-nous le journal intime qu'à une époque elle tenait ? Chaque fois, cette seule éventualité me donnait des frissons. Le problème n'est pas tant l'indiscrétion : qui écrit trouve toujours à se justifier de fouiner et fouiller « des documents qui pourront servir, une mémoire à conserver ». Les frissons éclosent plutôt de ce que, peut-être, le journal révèlerait. Du mal de nous, ou, pire, une absence de nous. Pas de filles. Des amants, des pensées, des histoires, sans nous. À Anne, j'ai parlé de cela dès le début de ce jour infini, lorsque nous sommes venues récupérer le livret de famille et les vêtements. « On trouve ses cahiers, on les jette », et elle était évidemment d'accord. Je crois qu'Anne abhorre la curiosité. Je n'en parle pas à Émilie. Parce que je suis convaincue qu'elle tiendrait à lire et se faire du mal.

Nous trouverons des lettres, tant de lettres, maman écrivait, des lettres d'amour en particulier dont nous tombons sur les brouillons, des pages et des pages écrites à des hommes, ceux aux petits mots du soir, et à d'autres que nous ne connaissons pas. Sans demander, vaguement en cachette, je prends l'initiative de jeter cette boîte, je ne veux pas de cette matière, ni de cette mémoire qui me rappelle la honte du dîner de crabes, « il suffit de coucher avec le pêcheur ». Mais enfin nulle part nous ne découvrons de journal intime. Ce soulagement est inestimable.

Maman possédait une assurance-vie. Anne dit qu'elle a retrouvé les papiers la concernant. Apparemment, elle n'est pas à notre nom, mais à celui de ses quatre petits-enfants, les deux filles et le fils d'Anne, et le fils d'Émilie. Je n'en suis donc pas, exclue pour n'avoir pas voulu être mère. Cette pensée me traverse l'esprit tandis que ma sœur aînée nous tend la feuille, cette pensée me pince légèrement l'estomac, remonte dans la gorge, petite miette d'amertume, chasse-la, n'y pense même pas, poubelle.

« Je pourrais prendre le canapé, les filles ? », « Tu prends ce que tu veux, Hélène », elles répondent. J'ai toujours aimé ce canapé, il est gigantesque, profond, un rien défoncé parce que maman le trimballe depuis des années d'un appartement à l'autre. Même lorsque l'on s'y vautre, on continue de s'y sentir tout petit. J'y suis toute petite, avec ma tasse de thé. De la penderie j'ai sorti un panier rempli de maillots de bain, tous ses prototypes des années 70, lorsque c'était encore son métier d'en dessiner, un à un je les regarde. Comme si c'était hier. Émilie, elle, nous fait observer que les albums de photos ont disparu. Des carnets, nous en dénichons par dizaines, dans toutes les pièces, tous les tiroirs, des carnets dans lesquels depuis des années maman consignait sa propre vie, une sorte de présent perpétuel. Elle y dessine, agrafe des Polaroïds, colle de petits papiers, raconte le menu de ses dîners, ses nouvelles recettes, la vaisselle qu'elle déniche dans des brocantes, ses bouquets de fleurs, ses petits-enfants déguisés par ses soins, ses bonnes adresses,

ses amis, son jardin, et puis des petites listes d'idées, de cadeaux de Noël, de films à voir, et des petits comptes, nous découvrons que maman tenait comptabilité de tout, jusqu'au prix des baguettes de pain. Mais pas trace de ces anciens albums de photos qu'elle fabriquait elle-même. Où a-t-elle rangé notre passé ? Dans la salle de bains, et puis dans sa chambre jaune pâle, tant de cadres attestent de notre existence, mais nous ne nous résumons pas à cela, les albums étaient immenses, elle les recouvrait d'un patchwork de tissus, parfois elle les plastifiait.

Nous les retrouverons dans la cave. Avec toutes ses archives professionnelles. Les photos se détachent, de temps en temps elle a précisé la date, sur d'autres pages juste un montage d'images, curieux miroir qui réfléchit une vie par moi complètement oubliée. En cela, les antidépresseurs et les anxiolytiques de mes années 20 ont aidé, et ces clichés soudain sont comme des antisèches, ils me racontent une vie minutieusement désapprise depuis des dizaines d'années. Je les observe, je nous trouve mignonnes. Je trouve tout mignon. Les copines, le premier vélo, les châteaux de sable, les anniversaires, les cousines, les parents. Tout est mignon, mais rien ne me manque. Je n'ai jamais demandé à être une enfant, seulement à être maman, ou au moins une adulte, voilà ce qui me saute aux yeux.

Anne et ses mystères, toujours : malgré sa fuite, son détachement, son cordon très ostensiblement coupé il y a tant d'années, malgré son refus de s'attendrir, y compris et surtout lorsque ses propres enfants lui demandent de raconter, elle peut, de chaque cliché, donner une légende précise, les lieux, les dates, les visages, elle sait tout, historienne d'une histoire à laquelle elle affirme ne pas s'intéresser. De son côté Émilie furète, passe d'un album à l'autre, on la connaît, on la connaît si bien : elle est à l'affût, pour un peu on l'imagine tentée de dénombrer les photos d'elle, persuadée qu'il y en aura moins, beaucoup moins que de nous. Elle se trompe complètement, elle est partout, avec ses couettes et sa malice. Et souvent, la voilà bébé dans les bras de nos parents. Mais allez savoir, ces preuves ne comptent pas.

Tellement de gens apparaissent au fil de ces images, Anne suggère que nous les fassions numériser. Pour que tous puissent en profiter. Anne, en général, va vers tout le monde, vers le générique, toutes les Mme Legrand de la terre plutôt que vers quelqu'un en particulier, et à cet instant cela semble une vraie délicatesse. Sa distance devient attention, « Alors tu sais être gentille ? » aurais-je envie de lui demander, mais je me retiens car nous ne sommes pas encore assez intimes pour que j'ose me moquer d'elle.

Nous reprenons une tasse de thé, je m'approche de la fenêtre ouverte pour fumer une cigarette. J'attrape une Kool dans le paquet de maman. Adolescente, elles me faisaient rêver, ces Kool. À partir de l'âge de seize ans, maman m'en offrait une à Noël, une autre pour mon anniversaire. Je n'ai jamais fumé en cachette. Ça n'aurait servi à rien. Maman aurait affirmé comprendre. Ou bien elle aurait brandi son « Tu fais, mais je… » si affolant.

Alors j'attendais l'occasion, acceptais et appréciais ses Kool. Avant de devenir vraie fumeuse, et de les bannir définitivement. Parce qu'elles me rappelaient maman. Leur goût de menthe fraîche m'écœurait.

Je suis à la fenêtre, ouverte sur la vaste cour, le goût de menthe fraîche m'envahit. « Je peux te demander quelque chose ? dit Anne. Arrête de fumer, ça va te tuer. » Anne ne supporte pas l'odeur, un reste de ses années d'Amérique, même dehors, elle demande à ce que l'on s'éloigne. Et elle a méprisé notre mère de s'en moquer, de ne pas se soucier d'ouvrir la fenêtre, ni de respecter les autres, sa fille, par exemple. Mais Anne a dit « Ça va te tuer », pas « C'est immonde », et je range ce « Ça va te tuer » dans un coin de ma tête, juste à côté de son « Tu es assise ? », petits indices d'une chose incroyable : mon aînée, ma sœur bleue, dont l'absence de concession fait parfois peur, dont le sens du devoir semble dominer tous les autres, passée d'une enfance de mauvaise grâce à une vie d'adulte tout en rigueur, peut-être bien qu'Anne nous aime. Ou bien est-ce simplement parce que nous sommes ses petites sœurs ?

Plus tard, nous jetons, encore et encore. Le notaire, au téléphone, a confirmé : les biens sans valeur ne comptent pas. Mais quels sont les biens sans valeur quand le moindre trombone paraît avoir été choisi, élu, distingué ?

Nous n'osons pas défaire son lit, ni même nous y allonger. Le dernier lit du monde avec draps et couvertures. Son lit. En attendant, nous vidons sa pharmacie, nous jetons ses produits de beauté, la perruque du cancer, ses petites culottes, ses soutiens-gorge, ses chaussettes. Pour surmonter ces gestes, et ces insurmontables rangements, nous parlons de ménopause. Ce n'est pas dans nos habitudes, n'allez pas croire, nous nous tenons habituellement à pudique distance les unes des autres – sans doute encore l'empreinte de maman, qui dédaignait ce genre de familiarités – mais enfin, nous avons respectivement cinquante-cinq, cinquante-deux et quarante-neuf ans, le sujet nous concerne toutes les trois, et sa banalité semble si bien aller avec ce que nous sommes en train de faire.

Une histoire authentiquement énorme me revient à l'esprit : « Un jour, je leur raconte, nous prenons un verre avec maman. Je devais avoir envie de la pousser dans ses retranchements, quelque chose de cet ordre, du coup j'évoque mes bouffées de chaleur plutôt pénibles, et je lui demande si elle aussi en a eu. Vous ne devinerez jamais ce qu'elle m'a répondu, un truc de malade : elle s'est mise à m'expliquer qu'elle se trouvait dans une rue de Londres, quand Paul Newman en personne est apparu, juste en face, sur le même trottoir, suivi de quelques paparazzi. Quel rapport avec le Schmilblick ? je lui demande et là, elle me sort : *Je n'ai rien ressenti. Aucun effet. Mon vagin à sec. J'ai immédiatement su que c'était la ménopause.* Sa réponse, mot pour mot. »

Elles ne veulent pas me croire. Je vous jure, les filles. Mais nous ne prenons pas le temps de commenter, critiquer, halluciner, car dans son secrétaire, un meuble massif hérité de ses parents installé dans sa chambre jaune pâle, là où elle rangeait tout aussi bien ses papiers que ses sous-vêtements, justement, nous exhumons trois porte-documents dissimulés dans l'un des multiples tiroirs secrets. À l'intérieur, soigneusement ordonnés, chaque fille son enveloppe, se trouvent les lettres et les mots qu'à notre tour nous lui avons envoyés. Ils sont tous là, depuis le premier jour, depuis les premières cartes postales envoyées des premières classes de nature peu après la maternelle. Anne dit que ses propres enfants vont adorer déchiffrer tout ça. Émilie fond en larmes, et j'ai bien envie de faire pareil.

Un peu plus tard, avant de rentrer, nous repassons au bistrot d'en bas – café avec grand verre de glaçons, noisette lait froid, crème très chaud, sans mousse. La voisine de maman, celle qui l'a accompagnée avec les pompiers, y boit un chocolat chaud, et je ne peux m'empêcher de lui demander comment c'était, dans le camion. Maman était-elle consciente ? Cette voisine est médecin, elle sait sûrement des choses que nous ignorons. Mais elle répond à côté : elle dit que maman parlait tout le temps de nous, elle dit qu'elle va cruellement lui manquer, elle dit qu'elle a connu peu de femmes de cette intelligence. Et la découverte de « nos » dossiers aidant, nous la croyons.

Le lendemain, mardi 26 mai, nous décidons de ne pas y retourner. Nous prenons notre jour *off*. Anne explique qu'elle doit essayer de travailler un peu, car c'est là sans doute le plus étrange, la vie ne nous attend pas pour continuer. Ce dont je me rends également compte lorsque, de mon côté, ce même jour, je m'assois à mon bureau, persuadée qu'il me sera aisé d'écrire quelques lignes simples promises à l'un de mes clients publicitaires. Mais voilà : puisque précisément la vie se fout complètement de la mort de maman, nous ne pouvons en aucun cas l'abandonner, cette mort, et moins encore la trahir. Impensable d'écrire un seul mot, mon esprit suspendu au vide, mon attention portée sur le néant, ma garde levée, attentive à immobiliser le présent. Sur YouTube, je cherche les *Moments musicaux* de Schubert par Alfred Brendel, et je me demande ce qu'Émilie et Anne sont, de leur côté, en train de faire. Après quoi je me précipite à la pharmacie parce qu'un bouton est apparu sur ma lèvre supérieure, et c'est n'importe quoi, ce bouton, je n'en ai jamais là, pas d'aussi visibles en tout cas, et s'il vous plaît, monsieur le pharmacien, donnez-moi le maximum, le plus fort, le plus sûr, demain est un grand jour, je veux mon 31, je veux les meilleures apparences, j'ai déjà choisi la tenue, s'il vous plaît, pas de bouton, demain je brûle ma mère. J'étale la pommade, toutes les deux minutes j'en remets une petite couche, allez, pars le bouton, et pendant ce temps, Anne et Émilie me laissent chacune un message. « Tu t'habilles comment, demain ? » « Et vous, les filles ? »

La mise en bière se déroule à l'hôpital Bichat, mercredi 27 mai, à 9 h 30. L'expression me fait rire, je trouve ça cocasse. Maman considérait qu'une femme ne devait pas boire de bière. Flagrante faute de goût. L'urne cendrier lui est bien mieux assortie.

Comme tous les jours depuis samedi dernier, Didi, chez qui je prends chaque matin mon petit déjeuner, refuse que je la règle. Cette femme et son bistrot ont l'élégance de marquer le coup, de rendre compte d'un changement. C'est une précieuse reconnaissance, le genre de petit geste qui n'a l'air de rien, et pourtant.

Je me souviens d'un franc soleil, dès le matin. Je me souviens de m'être préparée comme pour les plus grandes occasions, je me souviens de m'être rendue à pied porte de Saint-Ouen, je me souviens d'une marche durant laquelle je me suis exhortée à ne pas oublier ce moment, moi qui oublie tout, je me souviens de l'une de mes tantes, un bouquet de roses cueillies dans son jardin à la main, elle le dispose dans le cercueil, maman adorait ses roses. Je me souviens de mes jeunes cousins, présents eux aussi, et comme ils sont tristes. Je me souviens du corbillard, qui était en retard, ce qui m'a rendue nerveuse, les retards sont une source d'angoisse, chez moi, le chauffeur s'est excusé, les freins ont lâché, il a dû retourner au dépôt changer de véhicule. Je me souviens que, pendant le trajet, Anne assise à ses côtés, Émilie et moi derrière, nous avons discuté de recettes africaines. La femme du chauffeur est ivoirienne, des amis d'Anne tiennent un restaurant de même origine à deux pas du Père-Lachaise. Nous parlons bananes plantain frites, mafé, beignets de poulet et boudins yassa. Émilie ne dit rien, mais en elle, je sais qu'elle bouillonne. Elle a maudit l'anticonformisme de maman, cette mère pas comme les autres qui ne venait pas la chercher à l'école avec un goûter, ni ne tolérait les fautes de français de ses copines, cette mère qui ne voulait rien comme tout le monde, quand Émilie, elle, rêvait de la reposante banalité des familles. Obstinément, elle continue de lutter, de réclamer de l'ordinaire, et des convenances, on ne parle pas mafé dans un corbillard, on se recueille, le temps est au recueillement. Près de moi, je la sens qui s'éloigne, reste Émilie, reste, ce n'est pas grave. Mais je ne le dis pas. Rien n'était jamais grave pour maman, pas même qu'Émilie préfère les femmes, et comme elle est vexante, quand on est jeune, cette mise à distance systématique de l'importance des choses, cette manière de ne jamais nous prendre au sérieux, de considérer que ce que nous sommes, que ce qui nous arrive n'a rien ni de spécifique ni de particulier.

Un jour, je me repose dans l'un des services psychiatriques de mes années 20, maman vient me rendre visite, accompagnée d'une amie et de son appareil Polaroid, son gage de sans-gêne favori. Elle me prend en photo, et la chambre, le couloir et l'infirmière de service, oui, voilà, comme si ce n'était pas grave.

Nous passons l'entrée du cimetière, j'attrape la main d'Émilie, je la serre très fort.

Il y a embouteillage de crémation, nous devons attendre dehors, le Père-Lachaise rayonnant de lumière printanière. Nous n'avions pas imaginé autant de monde, de nombreux visages inconnus, aussi, et tant de nos amis d'enfance. Après les albums de photos, c'est nos souvenirs très vivants qui se tiennent là, autour de nous. Perdus de vue des décennies durant, et nous voilà, les uns et les autres, vieillis mais pas changés, dirait-on. Ils sont venus, disent-ils, parce que tous gardent en mémoire cette femme formidablement sympa, qui parfois même les invitait sans nous. Nos amis d'enfance se souviennent avec acuité de moments enchantés : les anniversaires costumés, nos costumes sur mesure faits maison et, plus tard, les chasses au trésor mémorables que maman organisait dans le quartier. Ils évoquent la fois où d'un voyage professionnel en Inde elle avait rapporté dix kilos de mangues fraîches, rares à l'époque, et nous avait appris comment les découper « à l'indienne ». Ils racontent les toilettes de notre appartement d'alors, entièrement peintes par un ami artiste de maman, c'était un décor de jungle luxuriante. Ils n'ont jamais oublié les virées en Méhari verte, nous nous y entassions pour parcourir, l'été, les dunes des Landes, avant les années Irlande. Ils nous rappellent les parties de Petit Bac jusqu'à pas d'heure, et tous ses feutres qu'elle nous prêtait pour faire des dessins. Ils ajoutent que, grâce à elle, ils ont découvert la littérature anglaise du XIXe siècle, Jane Austen, Dickens, les Brontë, Trollope, oui, bien sûr, Trollope.

Mais enfin, les amis, d'où vous vous rappelez tout ça ? Combien sont-ils qui pourraient écrire notre biographie, ces adeptes de notre mère ? Ça me fait rigoler, cette mémoire extérieure. Et je les crois aussi, ce que je trouve plus troublant. Racontée par eux, elle a l'air extra, cette femme.

La salle est trop petite. On s'y tient debout, serrés, mais Schubert prend le dessus, les fleurs abondent et nos oncles nous font rire, tous. Le rugissant orgueil, la farouche intelligence, l'ostentatoire culture, le rire dévastateur, le mépris de ce qu'elle ne sait pas, ils racontent avec la liberté de parole accordée aux frères. Si maman était là, c'est sûr, elle rirait aussi, et n'en reviendrait pas d'aussi peu de complaisance, d'autant de respect. C'est à cette certitude que je m'accroche pour ne surtout pas penser aux affreuses chaussures jaunes, juste là, à l'intérieur. Après quoi le cercueil recouvert de pétales s'en va brûler, mais je n'ai pas le temps de m'en émouvoir car il me semble que mon sac, déposé un peu plus tôt à ses côtés, est lui aussi, par inadvertance, parti au feu. Maman, ses chaussures jaunes, mes clefs, mon passeport, mon iPhone, ma carte bleue au même régime, et quand même, je panique. Sauf que le préposé aux flammes s'en est rendu compte. Mon identité reste en vie, et maman part seule.

Étrange circonstance : une ou deux fois par an, Anne nous propose, à Émilie et moi, un dîner. Nos fameuses occasions de dire du mal de maman. Pourquoi cette initiative alors qu'en général nous avons la flemme des deux autres, trop de divergences à rattraper, trop d'existences impossibles à croiser ? Pourquoi Anne se donne-t-elle la peine de nous proposer ces moments, nous demandons-nous régulièrement avec Émilie. Le syndrome Mme Legrand ? Probablement. Toujours est-il que notre dîner du printemps prévu de longue date devait avoir lieu ce jour-là, le 27 mai 2015, et pas un instant il ne nous vient à l'idée de l'annuler, même si depuis le vendredi précédent, nous nous sommes à peine quittées.

Un restaurant gastronomique du XVe arrondissement, de leur côté de Paris. Et voilà ce qu'il en est : Anne choisit un plat en sauce sans sauce, une pomme pour le dessert et pas question d'eau minérale, non, une simple carafe c'est parfait, Émilie ne prend qu'une légère entrée, et du pain, pour ma part je fais de la provocation avec du vin, un hachis parmentier et des profiteroles, menu parfaitement inadéquat quand il fait si chaud. Déglinguées de la nourriture, et pour une fois, une première fois, ensemble, nous l'évoquons, du bout des lèvres, mais nous l'évoquons, cette déformation de l'enfance, maman qui nous mettait au régime et puis nous reprochait de ne plus rien manger, maman qui se moquait de nos rondeurs et puis s'agaçait de notre maigreur, maman dont ce ne fut jamais le problème, elle qu'une hyperthyroïdie maintenait svelte et en pleine forme. Maman et son regard déterminé à ne sauver aucune apparence. La situation est complexe, vaguement contradictoire, d'ailleurs : notre mère tient à ce que nous présentions bien, mais pas trop bien quand même, parce qu'en toute circonstance elle doit rester la plus belle pour aller danser. Et séduire.

Anne et Émilie trouvent que le restaurateur manque d'amabilité (ce qui venant d'Anne s'avère assez comique, elle si réticente à sourire), « Tu m'étonnes, je leur réponds, on occupe l'une de ses meilleures tables avec une carafe d'eau, deux verres de vin et même pas trois plats ! » C'est comme ça que notre conversation commence. Par une boutade, « Si vous voulez lui décrocher un remerciement, prenez au moins un dessert, ou bien on se partage une bouteille de champagne, ça ne vous dit pas ? »

Mais si l'on y songe, ça non plus ce n'est pas si drôle, autant de vestiges du commencement coincés dans des corps de cinquantenaires, et je n'ose pas demander à mes sœurs, par crainte de violation de vie trop privée, ce qu'elles-mêmes ont l'impression de transmettre d'aliénations à leurs propres filles et fils, si ça ne leur fait pas peur ces inévitables héritages. Au lieu de quoi, nous nous interrogeons sur le fait que peut-être, peut-être, la mort de maman va justement et enfin nous libérer. Nous allons aller mieux. Oui, voilà, maman, sors de nos corps maintenant que tu n'as plus d'ombre à craindre.

Sauf que nous ne le comprendrons vraiment que le lendemain : si le jour de la mort de maman s'achève enfin, ce jour long de plus de cent vingt heures, pour autant elle n'est pas encore complètement morte. Car, nous indique le notaire, n'allez pas croire qu'il soit aussi facile de décéder en France. Le prix sans doute à payer d'un pays qui n'est pas en guerre. On ne disparaît pas comme ça. C'est un boulot à plein temps pour ceux qui restent : les papiers, les déclarations, les administrations, les banques, désabonner, désinscrire, résilier, tout vider, tout clore, tout conclure. En France, la mort requiert un nombre inimaginable de preuves. Le cercueil suffit ? N'y pensez même pas. Et je me dis que c'est peut-être pour ça qu'a été créée l'application Excel (bénie soit-elle), pour aider les gens à organiser les preuves de disparition de leurs proches : Anne dit qu'elle va faire un tableau récapitulatif, ce qui, logiquement, devrait simplifier la vraie mort de la vie de maman.

Et maintenant ? Maintenant, il nous reste les cendres à récupérer au Père-Lachaise, la semaine suivante. Nous y allons ensemble, Anne a apporté un sac de courses, pour l'urne. Est-ce qu'on rentre en métro avec ça dans les bras ? Émilie, en tout cas, refuse fermement de la prendre, moi ça m'est égal, mais Anne, notre aînée pragmatique, s'en occupe. Son appartement est bien plus grand que les nôtres, elle peut, plus facilement, mettre l'urne dans un coin et l'oublier. En attendant la maison du viager en Bretagne. Là où nous décidons de nous rendre quelques jours, pour faire le ménage, donner les clefs à la nouvelle propriétaire et disperser les cendres, justement.

Anne nous y conduit dans sa voiture familiale, en route nous avons d'étranges conversations. Anne dit qu'il ne faut jamais utiliser les distributeurs automatiques des stations d'autoroute. « Si la machine avale ta carte, tu fais comment ? » Anne dit qu'il ne faut jamais accepter la deuxième paire de lunettes gratuite chez les opticiens, « C'est dangereux, elles sont forcément de mauvaise qualité », Anne dit qu'il ne faudra pas offrir de café à la femme du viager : comme elle en a manifesté le désir, nous allons lui vendre tout ce qu'il y a dans la maison, un autre magasin de curiosités, « Ce n'est pas notre amie, nous devons négocier ».

Cette fille est dingue, je me répète depuis le siège arrière, Anne et ses mystères, Anne et sa rigidité. Jamais tu n'as envie de te détendre ? Mais enfin, je me sens bien et en sécurité, parce que nous sommes ensemble, dans sa voiture, parce qu'elle a pris le volant, comme elle prend tout le reste depuis le 23 mai 2015, avec la poigne rassurante d'une sœur bleue. Et puis nous rions, comme elle aussi accepte parfois de le faire : son GPS indique la route en anglais (son mari américain est celui qui utilise généralement la voiture), et les villages bretons égrenés avec cet accent-là, c'est cocasse, tout de même.

Il fait un temps de sud à Paimpol, le même soleil que celui de la Pointe Rouge, à Marseille. Mer étincelle, gazon luxuriant, exubérants massifs de fleurs, parfum d'iode et de pin. Une carte postale. Émilie connaît bien cette maison, elle y a séjourné souvent, la plupart du temps elle s'engueulait avec maman, mais elle y retournait. Je crois que ses coquettes dimensions et son petit jardin lui plaisent, l'effet carte postale précisément, tout ça lui évoque cette sorte de normalité à laquelle elle aspire. Je n'y suis venue qu'une fois, et Anne à peine plus. Mais notre présence, là, toutes les trois, transforme cet endroit en lieu familier, nous nous y trouvons comme chez nous, et non pas comme chez elle. Je demande si je peux dormir dans la chambre de maman, la seule du rez-de-chaussée, elles acceptent. Je l'ai dit, nous acceptons tout les unes des autres. Et puis elles s'attellent au ménage. D'où leur vient cette obsession ? Maman était donc sale au point qu'elles n'ont de cesse de récurer encore, partout et toujours ? Elles ouvrent les placards, nettoient, lavent, pas un recoin ne leur échappe, elles chassent la poussière avec une stupéfiante énergie et du coup je les aide, bien sûr, à mon tour je m'y colle, sauf qu'une fois encore, comme dans l'appartement parisien, je m'attarde sur chaque objet, chaque objet un trésor, et tout de même, cet afflux de choses et de goût me semble soudain si vain.

Plus tard, Anne prépare le dîner, j'ouvre une bouteille de vin que je bois seule, « Vous réalisez, les filles, le nombre de premières fois ? La première fois que nous sommes ici toutes les trois, la première fois que nous passons quelques jours ensemble de notre vie d'adultes, la première fois qu'Anne cuisine pour nous ». Anne souffre de diabète et comme, naturellement, elle est contre les médicaments si on peut les éviter, elle s'astreint à un régime d'ascète. Mais voilà, elle adore cuisiner, et nous aurons droit à des légumes rôtis, des poissons merveilleusement relevés, et des gâteaux, sa spécialité à laquelle, comme je l'ai dit, elle ne touche jamais. Il faudrait pouvoir inventer un nouveau mot pour décrire ce moment sans précédent, un présent absolu, trois filles et les cendres de leur mère.

Nous avons renoncé au jardin, la terre est sèche, dure, il ne paraît pas idéal de la couvrir de cendres. Et nous sommes parvenues à convaincre Anne d'opter pour une simplicité qui n'aurait sans doute pas déplu à maman. Un petit chemin escarpé mène de chez elle à la plage, le chemin qu'elle empruntait pour descendre se baigner. Nous allons l'emprunter à notre tour, et mettre du maman un peu partout au fil de la descente, jusqu'à l'eau. Après le dîner, nous sortons la fameuse urne cendrier du sac de courses. Première question : comment s'ouvre-t-elle ? Nous essayons avec un couteau, puis avec un autre plus solide, de soulever le couvercle. Dans la cuisine, nous devons nous y atteler à plusieurs reprises. À l'intérieur, ensuite, nous découvrons combien compactes sont les cendres, pas de poudre volatile, mais un bloc gris, et donc nous choisissons une cuiller, pas n'importe laquelle, une cuiller jolie, et nous voilà parties.

Anne a remis l'urne dans le sac de courses, au cas où nous croiserions quelqu'un, cette entorse à la loi l'inquiète. « Mais enfin Anne, souviens-toi, l'homo avec alliance est resté un peu flou, quand même.

— Pas du tout, il a bien dit que les voies publiques étaient interdites.

— Mais cette voie-là est une mini mini voie pas si publique.

— Mais arrête avec cette histoire d'homo, il ne l'était pas du tout ! »

Pour une fois, Émilie ne dit pas que ce n'est pas drôle. Parce que le fait est que cette scène est drôle : il est 21 heures, pas un bruit sinon celui du clapotis de l'eau un peu plus bas, et nous cherchons le meilleur endroit pour commencer notre cérémonie. Anne rechigne au premier bosquet.

« Trop voyant.

— Mais le vent va disperser tout ça.

— Mais il n'y a pas de vent aujourd'hui.
— Mais le vent revient toujours en Bretagne. »
Nous marchons quelques mètres de plus. Allez, on y va. Anne fait le guet, Émilie s'empare de la cuiller, creuse la cendre, et hop, un petit bout de notre mère dans le bois et ainsi de suite jusqu'au rivage, envolées les horribles chaussures jaunes. Anne ne s'approche pas de l'eau, c'est moi qui jetterai les derniers vestiges vers le large, après quoi toutes les trois nous nous posons sur un rocher, l'urne vide dans nos bras, et qu'en fait-on ? Au crématorium, nous n'avons pas songé à poser la question. Alors ce sera poubelle et, à la décharge municipale, mes sœurs chercheront longtemps dans lequel des nombreux bacs de tri sélectif l'abandonner.

Et puis vient la nuit, dans le grand lit de maman, d'autres draps de lin recouverts d'un ancien coutil. Les draps sont froids, comment a-t-elle pu les préférer à la couette ? Avec mes jambes, et mes bras, j'essaie d'occuper tout l'espace, maman est morte, ce n'est plus un sacrilège, seulement un lit.

Les filles, elles, veillent plus tard, dans le salon, Émilie masse doucement les pieds d'Anne, qui adore ça, je perçois le murmure de leurs voix.

1971. Notre premier voyage en Irlande. Nos parents prennent leurs vacances au mois d'août, comme tout le monde, sauf qu'ils ne veulent pas de monde. Ils choisissent une destination pluvieuse, ils se moquent bien de bronzer. Nous prenons le bateau, traversons l'Angleterre et parvenons à Dublin. Hôtel

Buswells (le nom me revient sans hésitation, c'est fou ça, hôtel Buswells). Nos parents ont réservé deux chambres, l'une pour eux, l'autre pour nous trois. Nous sommes tellement excitées de nous retrouver à l'hôtel mes sœurs et moi que nous entreprenons de jouer au docteur. Je ne sais pas, le meuble porte-bagages nous inspire. À nos yeux de petites filles, il incarne idéalement un cabinet médical. Mais alors débute la dispute, car toutes les trois voulons tenir le rôle du médecin. Nous crions, une surenchère de cris, Anne sait crier toujours plus fort, si bien que la réception de l'hôtel finit par contacter nos parents. Si le brouhaha ne cesse pas immédiatement, nous ne pourrons pas rester.

« Tu es assise ? », « Ça va aller toi ? », « Tu es assise ? », « Ça va aller toi ? », « Tu es assise ? », « Ça va aller toi ? » Oui, les filles, je suis assise. Oui, les filles, nous allons aller. Et j'ai bien envie d'appeler maman pour le lui dire, et peut-être même la rassurer, qui sait ?

DEUXIÈME JOUR

(lundi 2 - mercredi 11 mai 2016)

On ne s'y attendait pas. C'était un malade immortel, nous n'avions pas l'habitude qu'il meure, et certainement pas un an à peine après maman. Il est bien trop tôt, notre mère tient encore la vedette de notre chagrin, il nous faut davantage de temps pour nous remettre aux normes d'une vie insouciante, alors aucun risque, papa attend que nous soyons à nouveau entièrement disponibles pour lui, lui qui depuis des années retarde avec un acharnement admirable, à la force de sa volonté et contre son corps en ruine, une mort qu'il tient à maîtriser, préparer, orchestrer : « Mes petites filles, le temps est venu de nous dire adieu, prenez place, donnez-moi la main, que votre tristesse soit ma réussite, mon succès, ma raison de mourir et d'avoir vécu », ou quelque chose de cet ordre solennel là.

Mais rien n'y fait, et certainement pas nos certitudes : papa a été pris de vitesse par maman. D'une certaine manière, elle lui a volé sa fin, et une fois de plus sa place, suis-je tentée d'ajouter, elle qui, pendant leurs années de mariage, entre 1959 et 1973, a clairement dominé leur couple. Il suffit, pour s'en convaincre, de constater la différence entre notre père effacé d'alors, et l'homme entier qu'il est depuis devenu. Deux personnes à peine comparables quand pour maman il n'a jamais été question d'avant et d'après, juste d'une montée en puissance aussi implacable que continue.

Il cesse de respirer le 6 mai 2016 à l'âge de soixante-dix-neuf ans, soit trois cent quarante-neuf jours exactement après elle (2016, année bissextile, il aura gagné vingt-quatre heures, c'est déjà quelque chose) et je ne peux m'empêcher de trouver ça injuste, franchement dégueulasse, même. Car autant l'écrire tout de suite, papa est ma mère juive, mon parent légitime, ma pelote d'amour. J'ai entretenu mon Œdipe comme on entretient sa personnalité, avec attention, coquetterie même, j'ai choyé mon attachement à papa au moins autant que mes exaspérations de maman, dans la rue et depuis toujours je glisse mon bras sous le sien, je me rapproche, et je continue de me réjouir de ce lapsus à répétition, irrépressible, confondre mon père et mon mari, appeler l'un par le nom de l'autre, et réciproquement, et chaque fois nos fous rires.

Mais voilà : notre mère a commencé, et le 6 mai 2016 au matin, je pense d'abord à la loi des séries, je pense à une sorte de remake de l'année précédente, je pense que je suis fatiguée des morts, je pense à trop de choses qui m'empêchent de penser, premièrement, à la disparition de mon père. Impossible d'échapper à la tentation de comparer, le mois de mai est mortel, inlassablement la comparaison revient à la charge. Mais enfin, aussi persistante soit-elle, elle n'en est pas moins hâtive. Car il s'agit ici d'un autre moment. Et peut-être même d'une autre famille.

Irène, l'amie d'enfance d'Émilie, et notre biographe la plus enthousiaste, raconte volontiers cette scène de 1973 : elle a invité Émilie à dormir chez elle, les deux fillettes ont sept ans, Émilie ne refuse jamais une invitation chez les autres, un lieu à ses yeux forcément plus normal que chez nous, et voilà qu'autour de la table, au dîner, timidement, elle annonce aux parents d'Irène que « papa est parti avec la jeune fille au pair ». Le cliché fait évidemment rigoler tout le monde. Aujourd'hui encore, malgré leurs quarante-trois ans de vie commune, lorsque je mentionne l'anecdote de la jeune fille au pair et de papa, les gens continuent de sourire. Mais pour une fois, moi, l'héritière de la désinvolture, je ne trouve pas ça si drôle. D'abord parce que je ne crois toujours pas, tout ce temps après, que papa soit parti. Il me semble que notre mère a fait, avec lui, ce qu'elle a fait avec chacune de nous : elle l'a poussé vers la porte. Et tout comme avec nous, il nous faudra, plus tard, bien plus tard, reconnaître que c'était ce qui pouvait arriver de mieux. Ensuite parce que cette jeune fille au pair norvégienne, Kirstin, la dernière d'une longue lignée qui a accompagné notre enfance, est devenue la femme de la vie de mon père, celle qui l'a aimé, mais pas seulement. Émancipé de maman, prêt à devenir enfin lui-même, papa requiert bien plus que de l'amour. Il lui faut une présence permanente, de l'attention, de l'acquiescement, parfois de l'effacement et, toujours, une forme de reconnaissance, celle de son statut de patriarche. Il lui faut une vie à heures fixes et solides, son journal tous les jours, de la bière glacée, une pédicure impeccable (que pensait-il des ongles de sa première épouse ?), la tranquillité des vieux couples, même lorsqu'ils sont jeunes, une complicité apaisée. Et plus tard, avec le déferlement de maladies qui peu à peu commence à ronger son quotidien, il lui faut en plus une femme infirmière, assistante, psychologue, celle qui, sans rechigner jamais, reçoit tout en plein cœur pleine figure : les accès de découragement, les lassitudes, les douleurs, les colères, les plaintes, les appels à l'aide.

Kirstin lui offre tout cela. Des décennies durant, elle se tient à ses côtés, l'accompagne, le porte ou s'éloigne, selon ses besoins qu'elle finit par identifier mieux encore que lui. En retour, il ne peut plus se passer d'elle. Il la protège, la conseille (elle a dix-neuf ans, lui trente-sept lorsque débute leur vie commune), l'éveille au monde, en est fier. Et l'aime profondément. Alors effectivement, ce n'est pas si drôle cette anecdote de jeune fille au pair, seulement le commencement de l'existence d'un couple constitué dans l'urgence d'un désir, le hasard d'une circonstance, socle bien plus stable que ne le laisse paraître le cliché, puisqu'il suffit de vouloir, d'y croire, de s'engager. Ce qu'ils font : affermi pas à pas, construit au fil des ans, c'est l'un des couples les plus consistants qu'il m'ait été donné de rencontrer à une époque où, de manière plus générale, on badine avec la durée des choses.

Notre père et Kirstin ont eu une fille, Juliette. Elle naît le 28 novembre 1983. Ce jour-là, je me trouve dans l'un des hôpitaux psychiatriques de mes années 20, et papa me l'annonce par téléphone, avec tant de précautions. La grossesse de Kirstin est pour lui une joie qu'avec nous il tient à masquer, il redoute que nous le soupçonnions de vouloir nous remplacer par une autre enfant. Nous sommes des adultes, déjà, mais à ses yeux nous n'avons pas d'âge, nous n'en aurons jamais : vous êtes mes petites filles, et n'allez pas croire, je ne vous soustrais pas. Vous étiez trois, vous voilà désormais quatre.

Pourtant, la vie lui donnera tort : la période pendant laquelle papa est effectivement le père de quatre filles dure peu. Un jour, Anne décide qu'elle ne veut plus connaître cet homme, elle l'efface, tout simplement, ils ne se reverront pas, sauf une seule et unique fois, lors de la crémation de maman. Encore une sorte d'exploit par elle accompli, sans doute n'en finirons-nous jamais de lui être redevables, car oui, ce mercredi 27 mai 2015, alors que je m'inquiète pour mon sac peut-être parti au feu, papa va vers Anne, et ils s'embrassent. La première étreinte depuis des siècles. La dernière aussi. Cette rupture brutale devient l'un des sujets de cette famille-là. Nous l'évoquons avec papa, souvent, il en parle avec Kirstin et leurs amis, sûrement, ils sont entourés de très nombreux amis.

Longtemps, mon point de vue a été très simple : Anne ne fait aucun effort. Voilà tout. Et à l'égard de notre père qui souffre de cette séparation, je trouve ça nul. Qu'est-ce que ça lui coûterait, un appel de temps en temps ? Elle ne nous estime pas vraiment nous non plus, ce qui ne l'empêche pourtant pas de maintenir nos dîners annuels, toutes les trois, alors pourquoi pas avec lui ?

Parfois, on me demande ce qui a provoqué ce divorce-là, et je ne le sais même plus, Anne est chiante, je réponds, c'est tout.

Toujours est-il qu'avec elle, jamais nous n'abordons sa désertion, et à présent que j'y repense, j'y vois peut-être et encore l'empreinte de maman. La parenté est un choix. Point. Elle a décidé de quitter son père. C'est irréversible. Aucune négociation possible. Elle, si pointilleuse avec la légalité, estime n'enfreindre aucune loi. Et elle oublie complètement de se préoccuper de la cicatrice : le long de son bras gauche, une formidable cicatrice identifie à coup sûr la personne de notre père. C'est l'une des histoires de notre enfance, quelle est donc l'origine de cette entaille ? Anne, Émilie et moi lui demandons en chœur. À quoi, depuis toujours, papa ne répond pas, ou à côté. Du coup nous exigeons qu'à l'heure de sa mort, il nous révèle enfin la vérité. Et papa de sourire, et d'accepter.

Nous n'aurons jamais le fin mot de cette énigme. Mais Anne s'en fout. Et papa, de son vivant comme de son absence, n'aura bien que trois filles : Émilie, Juliette et moi.

Depuis deux ans, ses séjours réguliers à l'hôpital font partie de l'emploi du temps de chacune de nous. Une visite un jour sur deux lorsqu'il s'y trouve, ce n'est pas rien dans l'agenda de gens actifs. Kirstin lui apporte ses repas, supplément d'attention et d'habitudes dans un monde de marasme et d'anonymat dont il devient chaque fois un personnage principal. Grâce à son charme, et à sa manière si caractéristique de mettre les infirmières dans sa poche : Il leur pose des questions sur leur vie, leurs aspirations, s'intéresse à elles, leur donne des conseils en matière de culture, de droit, d'éducation, les invite à lui emprunter ses magazines, ses journaux, ses CD, il leur raconte ses films préférés, papa est un grand amateur de cinéma. Est-ce ou non volontaire ? Il possède une incroyable capacité à contrarier les échanges classiques entre patients et personnel médical : au centre de cet univers, il s'installe à la place du souverain, proscrit l'infantilisation, instaure des relations de civilité teintées de séduction, et retrouve naturellement ce rôle dans lequel il se sent si à l'aise : celui d'un type bien, d'un homme bon. Du coup, les infirmières nous envient notre complicité, et papa ne semble jamais aussi peu malade qu'à l'hôpital.

Pourtant, les maux s'accumulent, incurables, le corps dans un équilibre de plus en plus fragile, prêt à lâcher. Combien de fois, ces dernières années, avons-nous assisté au pire, des services de réanimation, des ambulances en urgence, des opérations de la dernière chance, la cafétéria où les unes et les autres ne savons plus quoi dire ni surtout espérer. Juliette est devenue médecin urgentiste. Et mon baromètre à angoisses : au-delà de l'intimité qui nous lie, cette sœur sur le tard dont le statut finalement un peu flou a resserré nos liens, nièce, enfant, filleule, protégée, amie, un peu de tout ça à la fois, nous nous confions nos secrets, j'essaie de mesurer à travers ses paroles toujours mesurées la gravité de la situation. Tant qu'elle demeure impassible, je la crois. À la dérobée, j'observe son regard, sa manière à elle, la plus jeune mais la mieux informée, de nous épargner, de nous ménager. C'est à ce regard que je me fie, tandis que mes proches, et d'ailleurs la plupart de nos proches ont, eux, cessé de s'inquiéter : papa a si souvent ressuscité, *inmourable*, ce type, nous répète-t-on, sa mort est notre arlésienne. Et il est vrai qu'à la longue, cet homme nous a laissé penser que la médecine moderne pouvait tout, chaque brèche inlassablement colmatée, lui qui chaque fois se réveille et repart pour un tour. Mais c'est aussi désespérant, car papa est un malade qui ne lutte pas seulement contre la maladie : longtemps, il s'acharne contre l'idée même d'être malade. À l'inverse de bon nombre de gens qui, passé un certain âge, font de leurs maux leur conversation de prédilection, lui déteste les vieux ne parlant que de leur vieillesse. Avant d'en devenir un à son tour, y compris à l'hôpital, là où tant de fois il s'en est défendu. Et ça lui ressemble si peu.

Je m'explique : lorsqu'il n'est pas souffrant, papa tente de sauver le monde. La paix en Israël est sa ligne de vie, résister sa posture quotidienne. Il résiste au racisme ordinaire, à l'antisémitisme ordinaire, à la bêtise ordinaire, aux abus de pouvoir du pouvoir en place, à la soumission ambiante, au manque de transparence de ses médecins. Pas un combat qu'il n'entreprenne.

Un jour de la toute fin des années 90, alors qu'il marche sur les Champs-Élysées, il aperçoit des flics interpeller et plaquer sans ménagement au mur deux jeunes qui ne sont pas blancs. Il s'interpose, demande ce que ces jeunes ont fait, les flics lui répondent de se mêler de ce qui le regarde, papa rétorque que tout ça le regarde puisque ses impôts contribuent au salaire des fonctionnaires de police, les flics s'énervent, papa exige d'être à son tour plaqué au mur et fouillé puisque apparemment les jeunes ne sont coupables de rien sinon de déambuler sur les Champs-Élysées, alors pourquoi pas lui ? Du coup, les flics réclament ses papiers, papa leur tend sa vieille carte d'identité, du temps où elles étaient encore cartonnées, les flics rétorquent qu'elle n'est plus vraiment valable, il faut la nouvelle version, la carte plastifiée infalsifiable, papa répond que sous le gouvernement de Vichy, des cartes infalsifiables les auraient directement conduits à la mort, sa famille et lui, alors « Pas question, jamais ! », les flics n'en peuvent plus, exaspérés ils lui demandent de déguerpir, et dans la foulée laissent partir les deux jeunes. Les deux jeunes échangent rapidement avec papa, et filent, ils travaillent dans une mairie, ils sont en retard au boulot.

Voilà l'une de ses histoires. Ma préférée. Sinon, il y a son fameux « Vous ne savez pas qui je suis ? », « Non », « Le client ». Papa ne cède sur rien, et l'un de ses regrets, me semble-t-il, est notre manière à nous, ses filles, de nous contenter de petits arrangements avec les injustices du monde. Nous avons d'autres priorités, la pluie ou le beau temps par exemple, plaintes vaines auxquelles on le sent tenté de nous opposer les guerres, les misères, les dictatures. Mais Anne fait exception : depuis toujours, elle mène de front et de façon rigoureusement cohérente sa vie et ses convictions. Anne milite contre les armes. Elle n'achète pas de pistolet en plastique à son fils lorsqu'il est enfant. Anne ignore la fête des Mères. Trop de relents pétainistes. Anne ne veut pas entendre parler de télévision, complice abêtissante du consumérisme le plus irresponsable. Mais enfin, elle n'est plus vraiment la fille de papa, comme je l'ai dit, même si je pense que cela nous fait du bien à nous, ses sœurs, de continuer de rendre compte des traces de lui en elle. Papa lui a transmis l'art de la vigilance. Hérité de son propre père, grand résistant, grand homme auquel il ressemble tant physiquement aussi, une même stature à déplacer des montagnes. De sorte qu'il me vient à l'esprit que papa et moi avons peut-être un point en commun : j'ai voulu être ma mère, lui aurait sans doute souhaité être son père. Mener un combat et le gagner, poursuivre son œuvre, devenir un héros.

Chaque jour je lui téléphone, c'est un peu une blague, moi, la cinquantenaire qui appelle quotidiennement son père. Mais mes sœurs font de même, et lorsque nous tentons de nous éloigner, la culpabilité nous rattrape. Alors je l'appelle, et sur tous les sujets politiques, je lui demande quoi penser. Là-dessus ma confiance est totalement aveugle, je récupère une à une toutes ses vérités et même lorsque nous avons des divergences, je finis par me ranger à son avis à lui. Mon père est cet homme qui a raison. Et qui croit en un monde meilleur. C'est, explique-t-il, le fondement du militantisme. Y croire. En la matière, il n'est pas de petite cause. Il prend en exemple Amnesty International dont il fut longtemps membre actif, Amnesty dont chaque groupe se préoccupe d'une seule et unique injustice, jusqu'à ce qu'elle soit réparée. Petit à petit l'humanité fait son nid.

Je ne sais pas quand, exactement, j'ai commencé de croire mon père. En revanche, je me souviens parfaitement du jour où, pour la première fois, j'ai décidé de lui déclarer mon amour : retour à mes années 20, mes années psychiatriques. Les médecins de l'établissement où je me trouve demandent à rencontrer mes parents. Je suis adulte et indépendante depuis longtemps déjà mais ils tiennent, disent-ils, à « creuser le contexte familial ». Maman refuse, mes problèmes ne sont pas les siens. Mais papa vient. Lui qui, à l'inverse de notre mère, a du mal à admettre, les dépressions, l'homosexualité, l'expérience de la drogue, conservatisme pour lequel nous avons coutume de nous moquer de lui, eh bien papa est là. J'assiste à l'entretien, une sorte de table ronde avec personnel hospitalier et nous, et j'entends mon père parler avec toute l'humilité de quelqu'un qui ne comprend pas, mais voudrait comprendre. Il répond aux questions, évoque sa sœur suicidée dans les années 60, son divorce, ses maladresses.

Près de vingt-cinq ans plus tard, au moment où il meurt, nous échangeons avec mon oncle Victor, son plus jeune frère. Victor dit que papa était un homme secret et à l'instant même où il prononce ces mots, cette scène de l'hôpital ressurgit de ma mémoire en vrac. Mais bien sûr : ce qui, alors, m'avait aussi éperdument touchée, c'est que cet homme secret se livrait. Normalement, ce n'est pas son truc, même sur la cicatrice il ne lâche pas. D'ailleurs, il ne nous a jamais parlé de suicide s'agissant de la mort de sa petite sœur. C'est maman qui nous a craché le morceau. Maman qui détestait cette famille d'argent, de convenances et de faux-semblants (à l'exception de Victor, justement, sauvé à ses yeux par de brillantes études).

Lorsque mes parents vivaient ensemble, nous la fréquentions peu, cette branche paternelle, du coup, à part la cuisinière en petite robe noire et tablier blanc, un ou deux repas dans l'appartement du XVIe arrondissement, les enfants n'ont pas le droit de parler à table, et le caniche de notre grand-mère, nous ne possédons pas vraiment de souvenirs ni d'images.

Est-ce la raison pour laquelle nous ne pensons pas vraiment à interroger papa sur son enfance, ou son adolescence, sinon pour réclamer la vérité sur sa cicatrice ?

Reste que lui-même rentrait rarement dans sa propre intimité, la psychologie l'agaçait, une sorte d'auto-complaisance au regard des vrais problèmes. Il suffit de lui demander comment s'est passé son dernier examen médical, ou simplement comment va son moral, pour déclencher son exaspération, parfois même sa colère, « Arrêtez de me poser des questions, mes petites filles ». Quand papa est contrarié, nous devenons systématiquement un pluriel.

Le 1er mai 2016, nous devenons un pluriel : il s'est réveillé au milieu de la nuit précédente en hurlant, harcelé de douleurs au crâne. Kirstin comme si souvent appelle le Samu, papa comme toujours ne veut pas retourner à l'hôpital. Au tout petit matin, Kirstin m'envoie un SMS pour me prévenir, nous échangeons, nos petits mots repoussent l'inquiétude à plus tard. Mais enfin la tête, nous le savons, c'est tout de même le pire. Jusque-là toujours intacte, c'est elle la guerrière qui dirige toutes les opérations de survie. Elle qui offre à papa sa dernière chance de combattre. Transporté à l'hôpital le plus proche qui n'est pas le bon, faute de neurochirurgien, une ambulance l'emmène en banlieue, service des urgences où officie Juliette. Elle s'occupe de tout. Notre petite sœur va sauver notre père. « Ça va aller, dit-elle, il est au bon endroit. » Et puis, quelques heures plus tard : « Venez. Si vous voulez. Il faut l'opérer. C'est à haut risque. » Au téléphone j'entends son regard, mon baromètre. Nous sommes en train de déjeuner à la maison. Nous abandonnons nos assiettes, nos bouchées, le sel s'en va valser, et déjà nous sommes sur le scooter, Pierre et moi. Je ne peux pas m'en empêcher, durant tout le trajet, c'est maman que je revois, maman qui me manque, maman qui n'aurait jamais dû donner le signal de mort.

Notre père se trouve dans une chambre isolée, il attend de partir pour le bloc, nous explique Juliette. Émilie est absente de Paris, nous nous tenons là timidement, Kirstin, Pierre et moi, Juliette dit « Vous pouvez lui parler, il est conscient », haut et distinctement elle lui lance « Papa on est là, tu peux nous parler », mais il semble ailleurs, le visage fermé, les yeux comme scellés. Advient alors l'instant extraordinaire : Juliette va et vient, concentrée sur l'ordinateur de la chambre, elle transmet le dossier et les données de notre père, et puis elle annonce, fort, « Le docteur Bigleut va t'opérer, c'est un super chirurgien », et alors papa remue ses paupières, et marmonne : « Se faire opérer par un docteur Bigleut, ce n'est quand même pas très raisonnable. » Tous nous éclatons de rire. Un rire comme même Émilie devrait les aimer : un rire d'histoire drôle Carambar, c'est crétin et ça fait du bien. Voilà. Et papa s'en va en salle d'opération. Et bien sûr, en dépit des mauvais pronostics, il se réveille. *Inmourable*, on vous dit.

Ce soir-là, nous sommes chez Kirstin et lui, entre nous, maman a enfin quitté mes lieux, nous trinquons sur leur vaste terrasse, « À toi papa qui nous a encore bien eus », Juliette lui parle quelques instants au téléphone, son amoureux, Félix, nous a rejoints, Louise, la fille aînée d'Anne aussi, à l'inverse de sa mère, elle tient à avoir cet homme à ses côtés, son grand-père, un grand-père. Pierre, lui, est toujours là quand il s'agit de papa. Il ne voulait pas connaître maman, et d'ailleurs je l'en tenais éloigné, la peur toujours tenace qu'elle tente de le séduire, et de se l'approprier, mais papa c'est différent : la joie de vivre de Pierre, son désir persistant de légèreté et la charismatique vigilance de notre père vont bien ensemble, l'un reconnaît chez l'autre ce qu'il n'est pas, cet étonnement permanent entretient l'estime, les conversations et le plaisir.

Sur la terrasse, l'insouciance reprend le dessus, nous aidons Kirstin à préparer un repas à la hâte, une sorte de pique-nique improvisé, notre père absent nous ne nous préoccupons pas de dresser une table parfaitement coordonnée, et la douceur d'être ensemble aidant, nous oublions de nous inquiéter de lui. De quoi avons-nous parlé ce soir-là ? Je ne me souviens pas. De pas grave, sûrement, de docteur Bigleut, nous avons continué de dire des conneries. Mais enfin le protestantisme norvégien a la vie dure : impossible de déceler, au-delà de la bienveillance de ses gestes, ce qui bouleverse Kirstin. Avec nous, ses belles-filles, l'attachement se transmet par mail. C'est là que nous nous jurons fidélité, tendresse, partage, là que du bout des doigts nous avouons parfois nos craintes. Juliette, elle, n'hésite pas à bousculer sa réserve. Mais bien sûr, elle est sa fille.

Un jour, l'espace d'une conversation, j'ai moi aussi été l'enfant de Kirstin, malgré une différence d'âge de neuf ans seulement : la scène se passe en Bretagne, là où chaque mois de juillet elle, Juliette et papa passent leurs vacances, là où, régulièrement, je les retrouve le temps d'un long week-end, moment volé, comme à Marseille. Ce jour-là, papa se met en colère, je ne sais plus, un déjeuner en retard, trop de bordel dans la maison, il pose une question et personne ne répond. Il suffit de peu pour que notre père rugisse, alors gonfle l'impétuosité, alimentée par elle-même, papa devient véhément, la colère le dépasse, mais cette fois, pour moi, c'est celle de trop. Je claque la porte et je m'en vais. Jusqu'à ce que Kirstin me rattrape. Elle me dit de me calmer, elle me dit « Tu le connais », elle me dit « Je n'ai pas envie que tu partes », à quoi je rétorque « Mais quitte-le, mais comment tu le supportes, mais ça suffit ses emportements, mais il ne te mérite pas, mais j'en ai marre ». Tranquillement, elle s'assied à mes côtés, peut-être même m'enlace-t-elle, et m'apporte des réponses, les siennes, la manière dont elle sait s'échapper tout en restant là, les colères passent, son silence est le meilleur moyen de les neutraliser, les sautes d'humeur sont le lot de tout le monde, elle et papa se connaissent, c'est leur partie de ping-pong privée, les éclats de l'un, l'apparente soumission de l'autre. « Si tu pars, il s'en voudra tellement, et moi je serai triste », conclut-elle. Elle me confie les clefs de leur couple, avec moi elle accepte de les partager, elle me console et me convainc. L'emprise de paroles maternelles.

Avant cet instant-là, et après, et sinon, Kirstin règne par son dévouement, discrète maîtresse de cérémonie, et lorsqu'il arrive qu'elle se plaigne, ce n'est jamais de nous, mais d'un mal de tête ou de dos, douleurs brandies en lieu et place de ses émotions. Parfois, son étourderie – une réponse complètement à côté, l'obsession d'un absurde détail, un oubli farfelu – trahissent un désarroi, mais ce 1er mai 2016, comme généralement, rien ne transpire de sa désolation, son humeur tempérée, impénétrable défense. Un peu plus tard, nous rangeons, activons le lave-vaisselle, remettons tout à sa place, la cuisine est un joyeux refuge. Papa participait toujours à la manifestation du 1er-Mai, mais nous avons complètement oublié quel jour on est. « Tu peux rester seule, Kirstin ? Tu veux que l'on attende que tu sois endormie ?

— Tout va bien, aucune inquiétude. Merci, c'était une top soirée », elle répond. Kirstin telle qu'en elle-même.

Dans le silence de la nuit, toute distraction chassée par l'obscurité, je retourne à la conversation que Juliette et moi avons eue dans l'après-midi. J'ai proposé de rentrer avec elle de l'hôpital, nous avons pris le RER tandis que Pierre repartait en scooter et Kirstin de son côté, en taxi. Notre père est alors au bloc opératoire. Elle me dit « Je ne devrais pas évoquer ça, je ne peux le confier qu'à toi, mais parfois je me demande s'il ne vaudrait pas mieux qu'il ne se réveille pas ». Je me colle à elle, au plus près, parce que je suis d'accord. Et ce qui me désespère n'est pas que nous le pensions mais le fait que, sûrement, papa le pense aussi. Comment console-t-on quelqu'un de l'inconsolable, témoin de sa propre déchéance physique, humilié de ce manque d'autonomie qui n'en finit pas de l'empêcher d'être homme, et père ? Comment réconforter un mourant qui ne veut pas mourir ? « Il n'est pas de problème qu'une absence de solution ne finisse par résoudre à la longue », dit le proverbe irlandais de mon enfance surgi au beau milieu de ma nuit : mais alors, nous ne pouvons vraiment rien pour lui ? Impossible de le rejoindre, de ne pas le laisser seul ? Cette infranchissable distance, quelle tragédie.

Ce soir-là, je suis à la veille du deuxième jour le plus long de mon existence. Je ne le sais pas encore. Mais je me doute. L'histoire irlandaise éveille mes soupçons.

Lundi 2 mai 2016. Il porte un large bandeau à la tête, « plutôt ostentatoire ta kippa », je lui lance, je ne peux pas m'en empêcher, et papa rigole. Son visage est déformé par tant de brusqueries, ses bras un champ de bataille et de perfusions, mais ouf, il est là, vivant. Son téléphone sonne, il me demande de répondre, je joue les secrétaires, dans la grande chambre qu'il occupe, Kirstin déballe son déjeuner, même si papa n'a plus jamais faim. En à peine quelques mois, il a fondu, lui dont les kilos en trop vont et viennent depuis une trentaine d'années et sa rupture brutale avec trois paquets de Pall Mall sans filtre quotidiens. C'est une autre de nos plaisanteries : trop mal foutu tout ça, à présent qu'il peut fermer ses chemises jusqu'au dernier bouton et rentrer dans ses anciens costumes, il est à l'hôpital, là où le protocole ne nécessite ni chemise ni costume, là où le corps n'a plus besoin de séduire. En même temps, la bonne nouvelle c'est que lui, l'acharné des régimes, maigrit cette fois sans le moindre effort. Plus de culpabilité pour la bière glacée que régulièrement, en cachette des infirmières, Pierre et moi lui apportons dissimulée dans un sac isotherme empli de glaçons.

« Profitez de mon dîner, Kirstin et toi, puisque vous êtes là.

— Ben oui, papa, sauf qu'il est à peine 13 heures.

— Quelle heure ?

— Celle du déjeuner, pas du dîner.
— Vous êtes sûres ? »

Il se tait un instant. Et puis il me dit « Donne-moi ta main ». Je la lui tends. Il la prend. Il se met à pleurer. « C'est la fin, ma petite fille », il murmure, et lui dont la grandiloquence m'agace à force de répétitions, complaisance qui, par ailleurs, je le crois, éloigne encore un peu ma sœur Anne, sa fille, pour qui tant de théâtralité ne suggère rien d'autre qu'un manque d'abnégation, aimez-moi sinon rien, et depuis quand l'emphase tient-elle lieu de grandeur, lui donc, mon père, à cet instant précis, l'instant du « C'est la fin ma petite fille », me renvoie à ma nuit : il le dit, je le crois, il sait que je le crois, il le croit aussi et ma main dans la sienne n'y fait rien, la vie entière nous sépare.

Sauf que le téléphone sonne à nouveau, « Secrétariat de Monsieur bonjour », c'est mon oncle Victor, j'approche le téléphone près de l'oreille de mon père qui tient à lui parler, il lui raconte l'histoire de la kippa, sa kippa d'hôpital, c'est très drôle il dit, et d'ailleurs il rit, Kirstin et moi échangeons un regard, dans le sien je ne décèle pas l'ombre d'une inquiétude, mais pas sûr qu'il s'agisse ici du protestantisme norvégien : jamais Kirstin ne renverra à son mari une image d'angoisse, son amour va jusqu'à cette délicatesse-là. Dans le mien, mon regard qui ne masque rien, je suis en revanche convaincue qu'elle perçoit mon dilemme, même si nous en avons peu parlé : Pierre et moi devons partir le lendemain. Nous possédons une petite maison sur un rivage corse et avons de longue date prévu d'y passer une semaine. Mais comment partir ? Je ne peux pas l'abandonner. Ni papa, ni Pierre non plus, à qui, depuis la mort de maman, j'impose si souvent la gravité des choses, adepte de l'optimisme passée dans le camp adverse, celui des fatigués, des bras baissés. Peut-on délaisser son père pour faire plaisir à son mari ? Peut-on choisir son père, plutôt que son mari ? Kirstin décèle tout ça, évidemment, et dans la chambre d'hôpital, je suis tentée de lui annoncer que je reste. Mais bien sûr, cela confirmerait nos pires craintes. Quel manque de délicatesse.

Lorsque entre l'infirmière, pour les soins, papa ne lui pose qu'une seule et unique question : quand va-t-il pouvoir sortir ? L'infirmière ne s'engage pas, elle évoque le jeudi suivant, peut-être, le temps de surveiller son état et la cicatrice, et papa ne retient que cette date, ce jeudi suivant. Une éternité. De notre côté, nous attendrons de parler à Juliette, nous attendrons sa vérité. Et Kirstin m'encouragera à partir, et me rassurera, « ça vous fera du bien », sa manière, toujours, de choisir la gentillesse. Mais de son empressement à me réconforter, de son insistance, je conclus seulement que le bon endroit, le seul endroit est à ses côtés. Aux côtés de papa. Qui insiste lui aussi pour que nous partions, à quoi je reconnais – et c'est alors un soulagement de reconnaître papa – sa manie agaçante et tellement classique de flirter avec le chantage affectif : il souhaite toujours que nous vivions, d'abord, notre propre vie, mais ce faisant, il considère que nous l'abandonnons.

Sauf que cette fois, comme je l'ai dit, rester signifierait laisser gagner son « C'est la fin, ma petite fille ». Alors d'accord, je pars, mais enfin Juliette, jure-moi, façon papa, solennellement : si tu as le moindre doute, tu m'appelles, je rentre. Jure-moi, allez.

Juliette a juré : le jeudi 5 mai 2016 à 8 h 46, le jour où notre père comptait fermement rentrer à la maison, elle me laisse un message : « Rappelle-moi. Il va moins bien. » Le message ne me parvient qu'une heure plus tard, parce que notre Corse est sauvage, il faut fureter habilement pour dénicher du réseau. Je le sais, c'est toujours la même chose, je cherche le bon endroit, je guette les petites barres, là d'où joindre papa. Chaque jour.

« Rappelle-moi. Il va moins bien. » Le ton est léger. Mais j'entends le regard. Avant même de la rappeler, je dis « Je rentre » à Pierre, je dis « Désolée, vraiment », Pierre est déjà dans la voiture, prêt à m'emmener à l'aéroport, il tient à revenir avec moi, « Non, il faut que tu restes », la précipitation ressemble à celle de la Pointe Rouge, voilà pas même un an, la comparaison, encore, d'autant que la veille, notre premier jour en Corse, nous avons pris notre premier bain de mer, Pierre et moi, instant d'absolue sérénité. Au téléphone Juliette n'ajoute pas grand-chose sinon « OK » lorsque je lui annonce que je saute dans le premier avion, « OK » sans l'ombre d'une hésitation.

Il faut près d'une heure et demie de route, nous ne parlons pas, Pierre va au plus vite, je lui en sais gré, et dans la voiture, ce n'est plus ni à maman ni à papa que je pense, mais à ma sœur Anne. Peut-être est-ce, après tout, le cours naturel de la vie, puisque je ne peux plus appeler maman, voilà, je m'en remets à Anne, mon aînée, pour me consoler, me rassurer (ce que notre mère ne faisait pas, mais ce qu'une mère est censée faire). Sans elle, la fin de papa me paraît incomplète, pas vraiment un moment de notre histoire, seulement une catastrophe. Mais Anne est repartie vivre aux États-Unis l'été précédent, peu après la mort de maman. Un projet de longue date. Avec son mari américain ils ont choisi de se rapprocher des deux de leurs trois enfants installés là-bas. Et à cette heure, Anne est au milieu de sa nuit.

Enfin parvenus à l'aéroport, n'en déplaise à notre père, le chipotage, le « Je suis le client », tout ça ne va pas avec ce genre d'urgence, ça ne se fait pas : comme à la gare de Marseille, je rachète un billet, trop compliqué, trop long de changer le mien ou de négocier, je rachète, plein pot, je ne compte pas. Et je ne compte pas non plus à Orly, lorsque la moto-taxi m'annonce un prix exorbitant pour aller directement à l'hôpital, nous longeons les bords de Seine, les couleurs du printemps envahissent le paysage, mais pas de berceuse comme l'an dernier, là-dessus non plus la comparaison ne tient pas : une seule idée m'obsède, trouver mon père vivant. Papa, je t'en supplie, attends-moi.

Juliette me mène à sa chambre, service de réanimation, nous ne pouvons pas être plus de deux visiteurs, alors elle nous laisse, Kirstin et moi, elle reviendra prendre la relève. Que s'est-il passé ? Je n'entends rien de sa réponse, juste que tout s'est emballé, mardi 3 mai ça allait mieux, mercredi

4 mai il décline, et voilà : le battement des machines, des bips et des graphiques, papa, le visage pris par un masque à oxygène. Et ses yeux. Les yeux de notre père à cet instant-là, jeudi 5 mai 2016, implorent, ils me rappellent des bras tendus, suppliants. Les yeux de notre père se posent partout et nulle part, saisis par la peur. Kirstin se penche, lui demande ce qu'il souhaite, mais de la bouche de papa ne sort qu'un long filet de silence, il n'y arrive pas, alors Kirstin tente de lui donner un peu d'eau, l'eau dégouline de part et d'autre de ses lèvres. Et ses yeux continuent d'appeler à l'aide, des yeux d'adulte perdu, des yeux qui prennent la mesure du drame. Nous ne restons qu'un court moment, Juliette vient nous chercher, les médecins pensent que notre présence le contrarie, il sent que nous sommes là, et sa nervosité n'est pas une bonne chose. Nous lui disons bonsoir, nous lui disons à demain, et combien de fois je reverrai, à part moi, ses yeux d'effroi, secrètement heureuse que nous le perturbions, tu nous as donc reconnues, papa, ce n'est pas rien ce dernier entre-nous.

De la soirée, ensuite, je ne conserve qu'un seul souvenir : Juliette et moi sortant de la gare du Nord, nous marchons vers Montmartre, où nous sommes voisines, chacune allume une cigarette, et Juliette qui, la trentaine passée, continue de fumer en cachette de ses parents s'esclaffe « J'étais tellement stressée tout à l'heure, j'ai failli prendre une cigarette devant maman. Mais la perspective que papa se réveille une fois de plus, comme toujours, et qu'il l'apprenne m'a tétanisée ! » et nous nous marrons.

Vendredi 6 mai 2016. Kirstin m'appelle tôt, sa voix est claire, mais comme je l'ai dit, avec elle, on ne peut pas en tirer de conclusion, elle me confirme qu'elle n'a pas encore eu de nouvelles de Juliette, un bon signe, cela signifie que l'hôpital n'a pas appelé, elle ajoute qu'elle saute dans un taxi et arrive. Nous devons être ensemble. D'accord.

Didi me voit débarquer au bistrot quarante-huit heures à peine après notre départ pour la Corse, à sa seule manière de m'interroger et de compatir, je sais que je ne réglerai pas mon petit déjeuner. C'est évidemment une mauvaise nouvelle. Qui n'attend que d'être confirmée : lorsque quelques instants plus tard je retrouve Kirstin dans la rue, Juliette est là aussi qui l'a rejointe. De loin, je les vois enlacées, de loin, je vois que Juliette pleure. Ma sœur, mon baromètre : si, le service de réanimation l'a bien appelée à l'aube, avant l'aube même, parce que notre père a fait un arrêt cardiaque, et Juliette n'a pas voulu nous réveiller, pendant quelques heures elle reste seule avec cette information, un arrêt cardiaque, elle a ce courage-là, nous ménager encore, mais enfin à présent nous devons filer là-bas. Pour nous, ils le maintiennent en vie. Un privilège. Merci ma sœur. De quoi parlons-nous dans le taxi ? Le blanc est total, je ne me souviens pas. Sommes-nous ensemble, ou au contraire chacune perdue dans ses pensées, sa sidération ? Sûrement, nous évoquons l'absence obstinée d'Émilie. Elle a choisi de ne pas rentrer de vacances et nous oscillons entre la surprise, elle qu'un rien rend coupable, voire martyre, ça lui ressemble si peu, cet éloignement, et la crainte qu'elle ne le regrette. Ou bien est-ce une façon d'alimenter son sentiment d'exclusion ? Mais elle appelle, tout le temps, chaque instant, elle envoie des messages, et nous lui répondons, pour une fois elle décroche, nous racontons, en direct, la mort de papa au moment même où elle advient.

Nous sommes accueillies par le chef du service de réanimation, un type d'une prestance folle, le genre de séducteur énervant et irrésistible à la fois pour cette raison même. « Bombe sexuelle ! » je chuchote à l'oreille de Juliette. « Top médecin ! » elle ajoute. Il nous mène jusqu'à une petite pièce en retrait, après quoi c'est une scène de film, une scène de fiction. Nous sommes assises en face de Brad Pitt, doucement il nous parle, « Nous avons envisagé une ultime opération, mais il n'avait aucune chance de se réveiller. N'ayez pas de doute, ni de regret. Vous pouvez aller lui faire vos adieux, et lorsque vous serez prêtes, nous éteindrons la machine ». Dans un coin de la pièce, je remarque une boîte de mouchoirs en papier, le seul équipement de ce petit endroit. Nous nous servons.

Donc c'est bien vrai : Papa *l'inmourable* est mort. Il aura fallu une scène de cinéma pour parvenir à le croire.

Nous retournons dans sa chambre, entièrement revêtues de blouses, bonnets et chaussons stériles, pas très romantique comme au revoir. À 10 h 31, la machine se tait. Le corps de papa devient immobile, complètement. J'appelle Anne, je lui laisse un message, même si aux États-Unis c'est une fois de plus le milieu de la nuit. Et Kirstin rappelle Émilie.

Nous avons emprunté une issue de secours, besoin d'air et de ciel, nous voilà soudain en plein soleil, Juliette, Kirstin et moi assises sur des marches, de secours elles aussi. Et alors Juliette fait son *coming out* : de son sac, elle extirpe une Vogue frisson et son briquet, « Oui, bon, maman, je fume ! » et Kirstin sourit et n'en revient pas, stupéfaite non pas de ses cigarettes, mais qu'elle ait pu lui cacher une chose pareille. Pardon Émilie, papa vient de mourir, et voilà, nous rions. Et puis nous téléphonons. À ses frères, aux amis, à tout le monde. Impossible de garder pour nous cette nouvelle invraisemblable, mille fois j'appelle Pierre. Et Anne est là, malgré son heure, elle me rappelle immédiatement, elle fait avec papa exactement comme avec Mme Legrand. Anne et son sens du devoir : elle ne doit rien à notre père, mais à nous, si. Je prie pour qu'elle me demande de lui passer Kirstin, et elle me demande de lui passer Kirstin, alors je prie pour que Kirstin ne soit pas disponible – Anne, généralement, n'a pas les mots – et Kirstin est bien ailleurs, échappée aux toilettes, ou perdue dans un couloir, à quoi Juliette et moi décelons son émoi. Un peu plus tôt, elle a demandé comment procéder pour le don d'organes, et Juliette lui a expliqué qu'en leur état, les organes de papa ne feraient de bien à personne, pas un de recyclable à part, peut-être, sa cornée. Alors Kirstin a demandé où signer pour offrir à quelqu'un la cornée de son mari et Juliette lui a expliqué qu'en la matière, on ne demandait pas d'autorisation, on se servait.

Et maintenant ? Maintenant Kirstin, de retour, dit qu'elle veut porte ouverte, table ouverte chez eux, voilà ce qu'il aurait aimé, faites passer l'info, les filles, tout le monde à l'improviste, venez, soyons réunis. Je réalise alors combien proche est l'adolescence de Juliette : elle joint ses amis pour qui papa n'est ni un souvenir, ni seulement un père de leur copine, mais un personnage de maintenant, de toujours, de leurs vies à eux aussi.

Voilà deux ans, Carole, l'une des très proches, s'est mariée. Une cérémonie laïque, à flanc de falaise, en bord d'océan, à l'occasion de laquelle elle avait néanmoins demandé à papa, le père de sa meilleure amie Juliette, de parler de l'identité juive qui est aussi la sienne. Sans hésiter elle s'est adressée à lui. Je le revois, sous la tonnelle, il fait une chaleur caniculaire mais pas question de ne pas porter de costume. Sa canne provisoirement délaissée, sa stature soudain retrouvée, il s'empare du micro : « J'ai demandé à Carole de m'indiquer le temps dont je disposais. Une journée ? Une heure ? Comme elle m'a répondu, *Plutôt une minute !*, je vais aller à l'essentiel : lorsqu'ils portent un toast, les juifs prononcent toujours *L'Chaim*, ce qui, en hébreu, signifie *À la vie.* La judéité, c'est ça : quoi qu'il arrive, faire le choix de la vie. Voilà. Une minute. »

Parmi tous les discours prononcés ce jour-là, la ribambelle de serments d'amitié, de toasts levés, de souvenirs évoqués, d'honneurs aux mariés, *L'Chaim* de papa reste un instant de merveilleux charisme. Tout le monde le félicite. Mon père, l'homme à qui, il y a peu encore, les amis de Juliette demandaient son avis. Les engueulades entre lui et Juliette étaient aussi les leurs, ensemble ils lui désobéissaient, se rebellaient ou au contraire l'écoutaient, comme cet après-midi de noces. Contrairement à nous, notre petite sœur a été élevée par papa, leurs univers sont indissociables, alors naturellement sa bande est là, autour d'elle, bouleversée, on s'occupe de tout, les boissons, le buffet, on prépare, on installe, on connaît la maison, laissez-nous faire. Et en effet, ses amis s'occupent de tout, empressés de nous soulager de contingences pratiques, de détails inutiles, ils nous offrent une première soirée de deuil hors de la matérialité des choses.

Mais avant, n'est-ce pas, il faut se rendre aux pompes funèbres. Dans cette famille-là, je ne m'en préoccupe pas, ni Émilie, ni évidemment Anne. Kirstin, Juliette et nos oncles s'en chargent, tandis que je m'allonge sur son lit, le lit médicalisé de papa, chez eux. Il respire l'*Eau sauvage* de Christian Dior, qui, tout comme la cicatrice, identifie la personne de notre père. Je m'amuse à actionner la manette, le matelas se courbe, s'étend, se dresse. À côté, bien ordonnée, papa déteste les choses qui traînent, une pile de journaux, *Le Monde*, indispensable, et *L'Obs*, et *Télérama*. Je ne touche à rien, j'observe la chambre depuis sa place : sa table de nuit, des livres, son bureau, le fauteuil du bureau, des photos. Encore la comparaison : je ne reconnais rien, même si je connais tout, puisque si souvent nous sommes venus ici, Pierre et moi. Mais le familier n'est pas la question : cet univers conventionnel, d'un classicisme sans surprise, ne me ressemble pas.

Qu'ai-je hérité de mon père ? Pas grand-chose, sinon le goût de la littérature et des boissons glacées, et peut-être est-ce la raison pour laquelle j'ai tant besoin de l'aimer, pour combler nos différences, ou plutôt les honorer. Anne perpétue son sens moral, une manière d'activisme à outrance, sa conception du devoir sans doute aussi, et, comme lui, ne supporte pas le parfum persistant de la peau de mandarine sur ses mains. L'un comme l'autre demandent à ce qu'on les leur épluche. Émilie, elle, soutient, entretient, reprend son sentimentalisme exacerbé, pathos à gogo, et puis il y a son obsession de la propreté, de l'ordre, des ongles parfaits. Juliette, c'est un peu moins net, à peine sortie de l'âge – la vingtaine – où le contrepied paraît la seule option, mais enfin, l'importance de l'Histoire juive grandit en elle, ce n'est plus seulement notre plaisanterie, mais un intérêt historique, intellectuel. Juliette a l'habitude des études, et un pouvoir de concentration hors norme : voilà qu'elle commence de se plonger dans les livres.

La Shoah, l'Holocauste, la solution finale, l'étoile jaune, les fours crématoires, le ghetto de Varsovie, Vichy, la rafle du Vél d'hiv, la parole des Rescapés, Woody Allen, Auschwitz-Birkenau, Babi Yar, Yad Vashem, le procès de Nuremberg, la traque des nazis, Drancy, la Haggada, Kippour, la création d'Israël, l'humour juif qui n'est jamais seulement de l'humour. Papa est hanté par cette mémoire, domaine intouchable y compris s'agissant d'un film ou d'un livre nul. On ne critique pas. Le sujet est sacré. D'ailleurs, d'ici quelques semaines, je mettrai en cartons (des dizaines et des dizaines de cartons) la question juive : notre père possède l'une des bibliothèques les plus complètes en la matière. Ce qui est assez logique. Nous, ses filles, n'avons eu de cesse, chaque anniversaire, chaque Noël, de trouver un nouvel ouvrage. Document, témoignage, roman : pourvu que le mot « juif » apparaisse, c'est bon, on peut y aller, et je ne suis pas peu fière de lui avoir fait découvrir des indispensables comme *Les Disparus* de Daniel Mendelsohn, *Le Hareng et le Saxophone* de Sylvie Weil ou *Sur la scène intérieure* de Marcel Cohen. Je me souviens de mon excitation en dénichant *Dans la peau de Sheldon Horowitz* de Derek Miller, savoureuse histoire d'un vieil ashkénaze exilé à Oslo, sorte de double hommage à papa et Kirstin. Et de mon sentiment de solitude, de désespoir, presque d'exaspération, lorsque *Tout est illuminé* de Jonathan Safran Foer lui est tombé des mains. Ce côté sanguin, ce côté violet, à présent que j'y pense, me vient peut-être aussi de lui.

Sinon, son autre cadeau idéal, c'est un polo, gris ou marine, avec poche poitrine surtout, pour les lunettes. Mais évidemment, là-dessus, l'offre est nettement moins variée, même si les polos s'usent et s'abîment bien plus vite que les livres. Régulièrement, il faut renouveler le stock. Reste que l'an dernier, pour son soixante-dix-neuvième anniversaire, nous avons pris un risque fou : varier. Pas de Shoah, pas de polo, mais un chauffage de terrasse, pour qu'il puisse profiter davantage de sa chaise longue avec pleine vue sur Paris. Nous lui avions fait un petit bon, pour lui annoncer la nouvelle. Et nous ne l'avons jamais acheté. Les mois ont passé, et je ne sais pas, on a oublié, papa allait et venait de l'hôpital. Il n'aura donc reçu aucun cadeau de notre part pour son dernier anniversaire.

Accolé à son lit, celui de Kirstin est plus bas. Je les imagine, séparés mais tout proches, et cette dernière nuit, celle du 1er mai, lorsque tout explose à l'intérieur de sa tête. Comment papa a-t-il réveillé Kirstin ? Quels ont été leurs gestes, leur ultime moment d'intimité ? Kirstin dit qu'ils ont passé une soirée délicieuse tous les deux. Ils ont regardé un DVD, pour une fois papa ne s'est pas endormi, leur samedi a ressemblé à une journée normale, ils n'ont pas parlé de maladie, fait rare ces dernières semaines. J'essaie de les imaginer, un couple apaisé, et du coup tranquillement je m'endors sur le lit, son odeur comme un doudou, ma main tendue, posée sur l'oreiller de Kirstin. Mais mon sommeil me renvoie au lundi précédent, « C'est la fin ma petite fille », et dans ce rêve je me souviens qu'il avait alors tenu à ce que je le prenne en photo, il voulait se voir, avec ce désespérant bandeau sur la tête, et déjà je me réveille pour retrouver, dans mon portable, cette image, une image qui l'avait effaré, et c'est vrai, à présent qu'il n'est plus question d'une kippa XXL mais d'un homme à trois jours de sa mort, cette image est effarante. Je ne la montre à personne, et surtout pas à Juliette qui doucement entre dans la pièce, les voilà de retour, et tous commencent d'arriver, les frères, les amis.

Nous sommes nombreux en cette fin d'après-midi du 6 mai 2016. C'est une fête, une fête de joyeuse tristesse, nous avons punaisé une photo de papa dans le salon, repoussé les meubles, aménagé la terrasse, la bande de Juliette s'active, Kirstin fait un petit discours improvisé d'amour de son mari et de remerciements à tous. Papa, je crois, aurait rêvé de funérailles nationales, marquer l'Histoire, laisser un vide magistral. Nous lui offrons un premier hommage intime, mais les déclarations de manque et d'abyssale absence pleuvent. Notre père a merveilleusement réussi sa vie amicale qui ce soir le lui rend comme il se doit : la sincérité fait loi et larmes. On évoque ses colères explosives, sa générosité sans faille, sa fidélité « à la vie à la mort », sa culture, ses intransigeances, « Je suis le client », les bouquets de fleurs pour se faire pardonner et qui va-t-on pouvoir désormais appeler quotidiennement ?

Et puis tout s'engourdit parce que je bois tant les jours suivants, tant et tant, que le vin se charge de tout mélanger. Émilie rentre de vacances mais Anne ne lui manque pas, Anne qui n'est pas là – a-t-elle fini par échanger avec Kirstin ? – et la mort de notre père produit l'inverse exactement de celle de notre mère : cette fois, je suis toute seule, complètement orpheline. Même si je reçois des messages, bien plus de messages personnels que pour maman. Pas seulement parce que deux parents en un an, ça fait tout de même beaucoup, mais surtout parce que mon œdipienne posture est bien connue de tous. Tout le monde pense, comme d'ailleurs je le pensais aussi, jusqu'au 23 mai 2015, qu'il est autrement douloureux de perdre un père adoré qu'une mère avec laquelle on entretenait des relations distantes et conflictuelles.

Mais quelle erreur, mais ça n'a rien à voir ! j'ai envie de répondre en criant, et ce cri plairait à papa, j'en suis certaine, lui qui détestait que nous disions du mal de maman, son traditionalisme l'interdisait. Sa grande phrase : « Vous verrez quand elle ne sera plus là. » Nous avons vu. Il avait raison.

Dimanche 8 mai 2016, Kirstin nous demande de lui envoyer une petite liste de trois objets que nous souhaiterions conserver de notre père, elle ne fait jamais d'elle-même sa priorité, les filles d'abord. En permanence Juliette, Émilie et moi tentons de la remettre à sa place centrale, au cœur de nous, à l'exact opposé de ce que lui dictent ses habitudes, son instinct, et d'ailleurs son métier, elle, la journaliste témoin du monde. Mais enfin, lorsque affolées par ce qui nous paraît de la passivité, nous l'exhortons à se plonger dans tels papiers, ou à appeler telle administration, lorsque nous lui proposons, sans doute et avant tout pour nous rassurer, de le faire nous-mêmes, je perçois aujourd'hui toute la désobligeance de notre hâte. Nous agissons comme si nous étions égales, nous nous comportons comme si nous nous trouvions dans la même galère. Alors que non. Kirstin vient de perdre son mari, son compagnon de quarante-trois ans, l'homme qu'elle a choisi, accompagné et soigné jour après jour, et toutes les nuits. Son existence entière est bouleversée, chamboulée, elle ne rompt pas avec son passé, mais avec son présent. Son deuil se mesure concrètement à chaque seconde, chaque seconde une rupture radicale avec son avant. Comment avons-nous pu, avec tant de brusquerie, nous immiscer aussi entièrement dans son univers intérieur ? Et en même temps, comment faire autrement ? Rapidement elle va devoir déménager, l'appartement devenu trop grand, trop cher, trop plein d'absence pour elle seule, et bien sûr nous l'aidons, nous l'accompagnons, nous la soutenons.

Émilie, en particulier, s'active, Anne absente, elle tient à reprendre ses droits : l'an dernier, lors du décès de notre mère, elle s'est sentie lésée des décisions prises, l'inégalable pragmatisme de notre sœur l'a frustrée de son rôle à elle, c'est en tout cas ce dont elle s'est persuadée depuis. Comment je le sais ? Je ne le sais pas, je le devine. Je connais Émilie si bien, comme on peut connaître une sœur si on s'en donne la peine, et la joie. Je sais sa capacité à tout retourner en sa défaveur, la méfiance la gagne, elle se souvient surtout de ça, Anne et moi qui lui aurions volé la mort de sa mère, comme maman a volé celle de notre père, alors cette fois pas question de céder, elle tient à les venger, papa et elle. Et je ne lui en veux pas, pas du tout. *Ça va aller, toi ?* Le pouvoir d'une phrase aussi fabuleuse est inébranlable.

Pour ma part je continue de boire, ah ! oui, et puis je fume aussi, plus que de raison, quelle importance ? À qui, désormais, rendre des comptes ?

En un, je voudrais l'une des écharpes de papa, une écharpe qui sent lui, en deux, l'un de ses pull-overs, un pull-over qui sent lui. C'est tout, pas de trois.

Kirstin insiste pour que nous choisissions des souvenirs plus conséquents, mais non, tout ça lui appartient, me semble-t-il, à elle comme à Juliette, Juliette, trente-deux ans, qui, il n'y a pas si longtemps encore, vivait dans ces meubles. On ne démantèle pas le monde et les souvenirs des vivants, n'est-ce pas.

Nous évoquons tout cela avec Juliette, quand nous nous retrouvons pour un café, ce qui advient souvent, nous sommes voisines et avons toujours des choses à nous dire. J'arrive avant elle, ma sœur est une urgentiste systématiquement en retard lorsqu'il n'y a pas d'urgence, je la vois s'approcher tranquillement, ses écouteurs aux oreilles, et ce deuxième jour le plus long de mon existence, je voudrais lui confier mes regrets d'Anne, mes reproches aussi, elle n'est vraiment pas là, mais je le garde pour moi car Juliette risque d'être d'accord, ce que je ne veux pas entendre. Du coup nous parlons plutôt de ce que elle, elle traverse. Notre père est décédé sur son lieu de travail, vies professionnelle et privée emberlificotées, il lui faut tirer les ficelles, parvenir à les dissocier, ses collègues l'ont prise en flagrant délit de chaos, d'elle-même sans blouse blanche, ou plutôt déboutonnée, encore un mélange des genres. Régulièrement papa la sollicitait, il fallait lire entre les lignes de ses ordonnances, en rédiger de nouvelles, analyser ses comptes rendus d'hospitalisation, il la voulait comme médecin personnel, et comme fille aussi, elle résistait, que faire d'une telle antinomie ? « On ne plaisante pas avec la médecine », « Avec la famille non plus », « Justement », elle s'énervait alors, et lui tout autant, ils pouvaient se fâcher, mais Juliette est solide, la solidité des protestants norvégiens, et des urgentistes, elle sait se dominer. Bien plus que papa. Et elle sait comment ne pas aggraver encore ce à quoi elle doit faire face. Alors pas question de retourner à l'hôpital pour la mise en bière, juste avant l'enterrement. D'ailleurs, personne ne veut s'y rendre. Sauf moi. Kirstin et tout le monde pensent qu'en l'occurrence, je me dévoue, mais non, pas du tout, c'est un petit cadeau que cette circonstance-là, papa et moi en tête-à-tête.

Enfin pas vraiment en tête-à-tête, ou pas seulement : mercredi 11 mai 2016, il bruine et pleut, je porte un collier en perles de porcelaine de maman, une robe, des bottes et un manteau noirs, je prends le RER gare du Nord, j'arrive en avance, je n'ai jamais su faire autrement, Juliette m'a précisément expliqué dans quel bâtiment se trouvait le funérarium, la toilette de papa n'est pas encore achevée, me dit-on, mais l'employé des pompes funèbres (impossible de prononcer le terme « croque-mort » qui me fait immédiatement penser à *Lucky Luke*, et ce n'est vraiment pas le moment), lui, est en avance, comme moi, et tient à me faire la conversation. Il me dit que nous avons de la chance car nous passons les derniers, au cimetière, de sorte que nous pourrons prendre notre temps, il me dit qu'en dépit du trafic nous serons à l'heure, il me dit que la pluie va cesser, il me dit que depuis toutes ces décennies, il connaît par cœur toutes les chambres mortuaires et, dans celle-ci, ils sont toujours en retard, et comme tout ça, toutes ces paroles me donnent bien envie de le tuer, je sors fumer une cigarette. À mon retour, papa est prêt.

J'entre dans la pièce, j'approche l'unique chaise du cercueil, voilà notre père revêtu de son plus beau costume, la chemise boutonnée jusqu'en haut, l'élégance classique à son comble, sa préférée. Avait-il une cravate ? De cela je ne garde strictement aucun souvenir. Mais oui, sans doute. Pour aller avec le costume. Pour aller avec la cérémonie. Kirstin m'a confié son *talith*, ce châle de prière qu'il portait chaque année le jour de Kippour, et dont la coutume exige qu'il devienne linceul. Notre père ne croit pas en Dieu, mais à l'importance du talith, si.

Kirstin m'a appelée de la cuisine, où elle se trouvait, et ensemble nous avons sorti le châle de sa pochette, au fond de laquelle reposaient également de petits carrés de chocolat, qu'elle avait l'habitude d'y glisser au cas où le jeûne s'avérerait trop difficile pour l'homme malade qu'était devenu papa. C'est la seule fois, me semble-t-il, que l'émotion a gagné sur le protestantisme norvégien : les yeux bleus de Kirstin brillent, éclaboussent son regard, je crois qu'elle va pleurer et je la prends dans mes bras. Cette petite histoire, je la raconte doucement à papa tandis que, tant bien que mal, je dispose le morceau de tissu sur sa poitrine. Mais n'allez pas croire, je sais bien qu'il est mort et ne m'entend pas, je sais bien que je parle dans le vide, mais je le fais pour Kirstin, parce qu'on le lui doit bien. Je veux que le dernier mot prononcé avant de sceller le cercueil soit le nom de sa femme. Voilà. Ce n'est pas pour rien qu'on s'attache aux symboles. Parfois, ils savent si bien dominer la réalité.

Et à présent, vous pouvez entrer, messieurs, nous sommes prêts, mon père et moi. Contrairement à la levée de corps de maman, aucun fonctionnaire de police n'assiste à celle de papa, peut-être a-t-on pensé qu'avec lui, mieux valait éviter. Reste que si le chef des employés des pompes funèbres m'adresse une parole, une seule, dans cette pièce, je le jure, je le frappe. Mais il se tait, et une fois installée dans la voiture, ostensiblement, je mets mes écouteurs.

Voici venu le temps de ses funérailles nationales : le *Requiem* de Mozart et moi sommes la foule, immense cortège, inoubliable cortège bravant la pluie et les impossibles embouteillages du périphérique, un moment comme Émilie les aime, et d'ailleurs je ne comprends pas pourquoi elle ne m'accompagne pas. Solennel, auguste, grandiose : écoute papa, le chœur s'élève pour toi, écoute. Ce chœur et moi t'applaudissons, hommage à notre nation, notre toute petite nation, celle que toi et moi avons si souvent constituée. Tu penses que ce n'est rien, notre rituel de Noël, tous les deux seuls à Paris puisque Kirstin et Juliette sont en Norvège, et nos théâtres, *Le petit chat est mort* ou Peter Brook, nos cinémas, les frères Coen ou Howard Hawks, nos festins, ensuite, tous ces 24 décembre en duo, et toi qui chaque fois exige une meilleure table au restaurant, parce que tu « es le client ». Je t'interroge sur tel événement dans le monde, telle nouvelle loi, je te demande ton avis, tu me racontes d'anciennes histoires, toujours les mêmes, et alors je me moque de toi.

Tu penses que ce n'est rien, nos baignades de fin d'après-midi, en Bretagne, ensuite nous nous asseyons face à l'océan, de longs moments à évoquer nos autres. Tu détestes les potins, je me souviens de ta colère lorsque la mort de Lady Di a monopolisé la presse internationale pendant des jours et des jours, et depuis quand se soucie-t-on à ce point d'une princesse quand seule la démocratie devrait faire loi, pas de potins, donc, mais voilà, sur la plage nous commentons la vie, les amis, les vacances.

Tu penses que ce n'est rien, papa, notre formidable rigolade ce jour lointain où je t'ai accompagné passer une radio à l'hôpital Cochin. Il fallait emprunter plusieurs allées, traverser plusieurs bâtiments, tu étais fatigué, à l'accueil ils nous ont proposé un fauteuil roulant et nous voilà à déambuler, moi la plus maladroite des filles, le fauteuil tangue, parfois dans une côte nous redégringolons, plus loin je perds l'équilibre, Laurel et Hardy s'en vont passer une radio. Sauf que, j'en suis certaine, Laurel et Hardy n'auraient pas rigolé autant que nous. Tu penses que ce n'est rien ? Mais ça vaut nation, ça vaut pays, ça, papa, et à l'approche du cimetière de Bagneux, je te décerne l'ordre national du Mérite, au moins, pour tous ces jours où tu m'as prise pour fille, et pour celui où tu as accepté de venir à l'hôpital de mes années 20.

Bien entendu, l'employé des pompes funèbres a dit n'importe quoi : il continue de tomber des cordes, de loin j'aperçois une masse compacte de parapluies, nous avons fait paraître un faire-part de décès dans *Le Monde*, la foule me confirme que cette page des Carnets est bien lue. La bande de Juliette l'encercle, Émilie et sa compagne ne sont pas seules non plus, tant de mes amis sont venus auxquels je ne m'attendais pas, et puis tous les proches de papa et Kirstin, arrivés de Norvège, d'Israël, ou d'à côté, oncles, cousines, cousins, nièces, neveux. Et Pierre. Ce n'est pas la pluie qui va nous arrêter. Un rabbin parle doux et intelligent, suivi de Kirstin, Juliette, Émilie, moi, mon oncle Victor, et d'un militant de l'une des associations auxquelles papa croyait tant. Ensuite nous déposons de petits cailloux autour de la tombe. Et c'est la fin du jour : notre père est enterré. Demain, Didi, à nouveau, acceptera que je règle mon petit déjeuner. Mais enfin, exactement comme il y a un an, l'enterrement, à l'instar de la crémation, ne suffit pas à certifier le décès.

Anne nous écrit plus souvent que d'ordinaire, à sa manière maladroite elle veut nous rassurer, tout va être plus facile, cette fois. Kirstin est là, c'est elle que cette succession concerne. Mais elle se trompe : car outre le fait – elle devrait s'en souvenir – que la solidarité demeure, en pareille circonstance, la seule option digne et décente, nous quatre restons les filles de papa, qu'il ait ou non une épouse. Alors Anne refuse l'héritage afin de nous faciliter les tableaux Excel, que nous n'ayons pas en permanence besoin d'elle ou de sa signature. Sa raideur nous choque-t-elle ? Oui, sans doute, excepté moi qu'elle attriste seulement. Je respecte la cohérence de ma sœur aînée, comment pourrait-elle revenir à présent que papa a le dos tourné ?

Et donc tout recommence comme l'an dernier, seuls les protagonistes changent en partie. Il faut prouver la mort, démanteler une vie, conclure. Papa ne possède rien, ni maison, ni appartement, ni même voiture, ce qui, tout de même, devrait faciliter les choses. Sauf que papa est un homme endetté, nous apprend Kirstin. Tous les jours, elle découvre de nouveaux emprunts, de nouveaux crédits. Comment est-ce possible, lui qui bénéficiait d'une retraite confortable ? Est-ce l'un des mystères de cet homme mystérieux, une double existence, agent, espion, joueur invétéré, d'autres femmes, d'autres enfants ? Mais non, pas une seconde nous n'y croyons, c'est juste pour rire, parce que sur ce coup-là, si nous ne rions pas, c'est un peu la fin des haricots.

Une histoire me revient, qui soudain grince dans ma tête : en leur temps, les années 60, les parents de papa offraient régulièrement à notre mère des bijoux de la place Vendôme, qu'elle ne portait jamais. Impensable de se soumettre à un étalage de richesse aussi conventionnel, alors ils restent au fond d'un tiroir. Complètement méprisés, et oubliés. Jusqu'au jour d'un cambriolage, une décennie plus tard au moins, bien longtemps après le divorce. Et voilà : avec l'argent de l'assurance, notre mère achète une nouvelle télévision. Et nous emmène passer deux semaines de vacances de Noël *épatantes* aux sports d'hiver. Ces broches (il s'agissait toujours de broches) auraient-elles pu rembourser les crédits ? Il me semble surtout que papa dépensait plus d'argent qu'il n'en gagnait. Sans compter. Ce qui me rappelle une autre histoire, celle de cet homme entré au Ritz pour s'enquérir du prix des chambres. « Si vous posez la question, c'est que vous n'en avez pas les moyens », lui répond-on à la réception. Papa trouve humiliant de demander le prix de la chambre. Depuis toujours inconséquent dès qu'il s'agit d'argent. Il ne résiste pas, emprunter par-ci pour dépenser et donner par-là, pour rembourser plus tard et ainsi de suite. Ce n'est pas nouveau, régulièrement j'ai étouffé en moi cette inquiétude : il sort sa carte, tire 500 euros quand il n'a réellement besoin que de 100, convaincu qu'un jour viendra où il gagnera au Loto, lui qui n'y joue pas. Et cette légèreté m'angoisse pour lui, ce qui est un sentiment trouble à l'égard de mon père, ce héros.

Mais cette fois, je lui en veux. D'abord de laisser Kirstin dans une telle situation, et pas seulement financière, de culpabilité aussi. Derrière son impassible façade, et parfois ses petites embardées hagardes, je devine qu'inévitablement elle remonte les ans, décortique l'histoire, pour une fois, elle ne se tient pas de côté, mais au beau milieu de ce désordre, pense-t-elle, complice, forcément, puisqu'elle fut la première à en profiter. « Tant mieux ! » ai-je envie de lui dire, mais cette parole-là n'a rien de magique, elle ne suffit pas à la délivrer de ses blâmes.

J'en veux à papa, et pas seulement dans mon lit, au cœur de la nuit et de ses effets de loupe. Je ne peux pas m'en empêcher. Pour une autre raison encore : de maman, nous avons hérité le sens de l'autonomie, appris à nous démerder seules, comme je l'ai dit nous avons été élevées dans le but de devenir indépendantes. Chez nous, les dettes non honorées, ça ne se fait pas, vraiment pas. On assume. Tout. Là commence l'âge adulte. Et donc mon père, cet homme qui a raison, ne l'aurait jamais atteint, cet âge ? Notre maturité supérieure à la sienne ? Comment le croire, après ça ?

Mais enfin, maman était près de ses sous, de plus en plus, avec ses petits relevés de baguettes de pain et sa façon de demander à ses filles de régler l'addition une fois sur deux au prétexte de la parité. Tandis que papa donnait, et se donnait, la générosité est l'une de ses fiertés, on ne transige pas avec ça, champagne pour tout le monde, et pas un de ses amis pour lequel il n'ait été là en toute circonstance, surtout mauvaise. Il a accompagné les maladies, les licenciements, les problèmes, répondu à tous les appels, accouru, donné, donné, donné, et, en bonne mère juive, systématiquement garanti cent fois plus de victuailles qu'il n'en était besoin. Tout le monde le sait. Et, affirme mon entourage, auprès duquel je me confie, parce que ce secret de famille là me paraît un peu trop honteux, ça vaut tous les emprunts du monde, non ? Balzac a bien passé sa vie endetté. Peut-être.

En attendant, cette colère me tient lieu d'énergie, nous nous activons, les unes et les autres, et tous calculs opérés dans tous les sens, effectivement, pas le choix, en chœur, à la suite d'Anne, ironie de la circonstance, nous voilà également obligées de refuser l'héritage. Il faut se rendre au greffe du tribunal de grande instance. Juliette et moi nous en occupons, et en quelques minutes à peine, nous n'avons plus rien à voir avec notre père. Ainsi va la loi : renoncer à la succession, c'est couper tous les liens. Pas d'avenir, plus de passé. Nous avons signé, plus question de toucher à quoi que ce soit lui appartenant. J'ignore comment chacune de nous prend le symbole. Nous en parlons peu. En ce qui me concerne, c'est un soulagement. La comparaison, encore : tous ces objets de maman, toutes ses possessions, jolis cadeaux avant de devenir, tant il y en avait, surenchère un peu dérisoire, débris d'une vie n'appartenant qu'à elle, et de quel droit les revendiquerions-nous ? En mai 2015, j'ai envié le temps des pharaons, enfouis avec leurs biens. Alors, qu'un an plus tard les livres, les meubles, et même la paire de lunettes de papa disparaissent avec lui, ou aillent voir ailleurs, continue de me sembler un juste précepte.

Pour autant, en pratique, de notaire en avocat et huissier, l'aventure prend une tournure kafkaïenne. Nous ne sommes plus autorisées à toucher aux biens de papa, désormais propriété des Domaines, il faut néanmoins rapidement libérer et vider l'appartement. Kirstin a donné son congé. La situation est inextricable. À force de conseils approximatifs, d'avis opposés, d'experts dans le flou, spécialistes sans réponse dont les allégations suggèrent que notre père serait un cas unique, un problème sans précédent – mesdames, un endetté doit toujours posséder un vieux garage au moins où stocker ses affaires, et comment pouvez-vous vous montrer aussi inconséquentes –, nous finirons, devant commissaire-priseur et inventaire judiciaire, par déposer les restes de sa vie (en attendant leur saisie) dans un garde-meubles. Aux frais de Kirstin. Eh oui, papa.

Mais d'ici là il faut aller vite, et je réalise à cette occasion – chacune de nous, d'ailleurs, pourra en témoigner – que vider un appartement de presque toute une vie d'habitudes en un temps restreint s'avère une entreprise particulièrement révélatrice de la personnalité, et des monomanies des unes et des autres. La mise en cartons est un exercice hautement symptomatique. Sans chronologie ni hiérarchie : Émilie trouve parfaitement anormal que Kirstin veuille garder les tasses mais pas la théière, la nappe mais pas les serviettes assorties, Émilie tient à procéder par ordre, et par élimination, attaquons la cuisine, comme ça ce sera fait, sauf que Kirstin continue d'avoir besoin d'y cuisiner et d'y manger quelque temps encore. Dans des assiettes, avec des couverts. Juliette se plonge avec elle dans l'intime, les vêtements, le linge, les papiers, elle prend le temps de tout regarder, réfléchir, regretter aussi, ses souvenirs d'enfance démembrés. Un tri essentiel mais qui ne se voit pas tout de suite, peu de changement à vue d'œil, d'où la panique, plus qu'une semaine. Pour ma part, je débite aveuglément, dans un même carton j'associe livres, tapis, objets, je case, je coince, j'optimise, et c'est évidemment le bordel, ce qui désespère Émilie, et Juliette aussi, habituées à un autre type de pragmatisme, un classement par genres davantage que par formes. Kirstin, elle, s'énerve de temps en temps, à sa manière, c'est-à-dire par chuchotements, tout à la fois reconnaissante de notre ingérence et par elle bousculée.

Et puis sa part de protestantisme norvégien reprend ses droits : pas question de ne pas régler le dernier loyer en lieu et place de la caution, pas question de ne pas reboucher tous les trous laissés par tableaux et bibliothèques. Pas question d'abandonner en l'état la petite fuite des toilettes. Pas question de déborder sur la date fixée par le bail. Pas question de ces petites libertés à la française. Moments arrachés au quotidien de chacune, les unes turlupinées par les détails – mais que fait-on des torchons, de tous ces torchons, qui veut des torchons ? –, les autres obnubilées par l'efficacité – tant pis, on jette ce fauteuil de papa, plus rien à foutre –, selon les jours nous échangeons nos obsessions, la tension à fleur d'égards, il faut bien distinguer les deux déménagements, surtout, avancer sur le garde-meubles, trouver un nouvel appartement pour Kirstin, ne pas dépenser trop, aller à la plus grande économie, toutes ces dettes ne nous incombent plus, mais enfin pas un sou d'avance, Kirstin continue les allers et retours d'une administration à la suivante, celles qui ne répondent jamais, celles qui répondent avec désobligeance, celles qui réclament d'autres preuves, celles qui ne consentent aucun délai, leurs amis, leurs intimes l'aident et la soutiennent eux aussi, une vraie petite entreprise, et pendant ce temps-là, quand même, papa se la coule douce dans sa tombe.

Vendredi 1er juillet 2016, à l'avant-veille de rendre les clefs, le moment est venu de s'attaquer à la bibliothèque. Impossible d'y toucher plus tôt, nous avons dû attendre l'inventaire officiel. Elle est immense, cette bibliothèque, et je ne dois surtout pas songer à la relation que papa entretenait avec ses livres, même à nous il rechignait à les prêter, son bien entretenu avec un soin maniaque, une sorte de preuve de lui-même, l'index de sa mémoire. À l'exception de quelques-uns, ils ne valent pas grand-chose, nous dit-on, et c'est plutôt comique de penser que le volume le plus précieux n'est autre qu'une édition reliée du *Voyage au bout de la nuit* de Céline, auteur évidemment proscrit par notre père en raison de son antisémitisme. Et que fait-il là ?

Laissez-moi agir : la bibliothèque, je m'en occupe. Il faudra plus d'une centaine de cartons. Shakespeare, Zola, Mauriac, Molière, Racine, Gide, Proust, Kessel, Chateaubriand, Baudelaire, les Russes, tous les Russes, Balzac, Aragon, l'encyclopédie *Universalis,* de Gaulle, Camus. Et la question juive, et ses mille réponses, qui ne sont rien d'autre que de nouvelles questions, elles aussi, interrogations sans fin : Primo Levi, Elie Wiesel, Raul Hilberg, Claude Lanzmann, les Klarsfeld, Singer, Annette Wieviorka, Art Spiegelman, Lucie et Raymond Aubrac, Saul Bellow, Sartre, Imre Kertész, Leib Rochman, Manès Sperber, David Grossman, Robert Bober, Amos Oz, Marek Halter, Henri Raczymow, Angel Wagenstein, Boris Schreiber, Henri Amouroux, Kressmann Taylor, Fred Uhlman, Zvi Koltz, Aharon Appelfeld, Chaïm Potok, Irène Némirovsky, Vercors, Anne Frank, Charlotte Delbo, Elliot Perlman, *La Trilogie berlinoise* de Philipe Kerr, aussi, impossible de dresser ici une liste exhaustive, mais il m'apparaît alors que j'ai de mon côté également lu bon nombre de ces ouvrages. L'empreinte, soudain, est flagrante, et pas seulement à cause des anniversaires : j'entre dans une librairie, et ce qui touche à la Shoah ne m'échappe jamais. Je n'achète pas forcément, mais ces ouvrages-là, je les reconnais. Et à présent je les mets en boîtes, pour le garde-meubles et les Domaines, ne t'en fais pas, papa, avec tout ça, les négationnistes ont du mouron à se faire, tes livres veillent au grain, et d'ailleurs j'ai coincé, étouffé le *Voyage au bout de la nuit* parmi ceux-là, histoire de neutraliser Céline.

Il fait une chaleur estivale, Kirstin et moi nous posons avec de grands verres d'eau, les cartons s'empilent, de temps en temps je mets un livre de côté, même si je ne suis pas vraiment autorisée à le faire (ça ne nous appartient plus), l'œuvre de François Mauriac, notamment. Sur le moment, j'ignore pourquoi, j'aime l'élégance classique du style de cet homme, voilà tout, mais aujourd'hui il me semble que récupérer précisément ces romans n'était pas un hasard. Dans ma tête, tout à coup, j'associe papa à Mauriac, davantage encore qu'à la Shoah, je me dis que relire ces textes va me permettre de passer du temps avec lui, et peut-être l'observer plus avant, papa et son âme, de l'intérieur, papa qui n'a pas su être Mauriac, justement, en prendre mais surtout en laisser d'une filiation trésor et piège : lui, l'héritier d'une grande famille, d'un grand homme, plein d'héroïsme, plein de grandeur, mais cela a-t-il aidé à lui donner des ailes, à lui donner autre chose que des remords, le remords de n'avoir pas su perpétuer cette grandeur ? Car après tout papa était un militant obstiné du soir, des week-ends, de tout son temps libre, mais enfin son temps l'a été si peu, libre : sous le joug de l'État, il doit partir en Algérie, sous le joug de son père, il doit reprendre l'usine familiale, sous le joug de maman, il s'oublie, sous le joug de son éducation, l'obsession d'un confort bourgeois, d'une fidélité à sa classe l'entraîne à côté de ses priorités, homme de gauche emprisonné dans un carcan de droite. Kirstin est sa bonne étoile, mais il lui faudrait la lune.

Lundi 4 juillet, l'appartement est rendu. Depuis le matin tout est à sa nouvelle place, bouclé, ou presque, notre père ne fait plus partie de notre emploi du temps, je peux enfin penser à lui. Est-ce la raison pour laquelle, sur mon petit balcon, un verre de vin à la main, tandis que j'observe la lumière du jour résister à la nuit, ma colère à son encontre s'évapore complètement ?

Pfuuuit. Un ballon crevé, explosé d'un coup d'un seul. Auquel se substitue cette évidence : comme il a dû souffrir. Mais quelle angoisse, quelle anxiété. Comment pourrait-il en être autrement quand argent et dignité s'entremêlent, s'enchevêtrent au point de ne plus jamais pouvoir se différencier l'un de l'autre ? L'argent sans compter qui vous contraint à compter sur les autres, toujours, être redevable pour paraître infaillible, quelle maléfique contradiction.

Un souvenir récent, dont je ne sais pas s'il est touchant ou douloureux. Lors de l'un de ses séjours à l'hôpital, papa m'a demandé mon avis : il souhaitait participer à la soirée d'anniversaire de Louise, la fille aînée d'Anne. Elle s'apprêtait à fêter ses vingt-cinq ans, et il tenait absolument à acheter les caisses de champagne, ou à financer le buffet, ou à louer une salle, ou à lui offrir un voyage, ou, ou, ou… Une surenchère de propositions démesurées pour l'homme retraité et malade qu'il était. J'ai opté pour une boutade, « Et pourquoi pas un appartement ? ». Je ne connaissais pas alors l'ampleur de son endettement, mais déjà cette générosité à l'excès m'a paru inquiétante, une erreur d'aiguillage, une vaine tentative de rester maître du jeu, et grand-père digne.

Papa a-t-il été mal élevé ? Nous n'en avons jamais parlé. De son passé, il ne racontait aucune histoire sinon celles qui auraient pu entrer dans l'Histoire : par exemple Joseph Kessel, proche de la famille, l'appelle un jour pour lui demander d'embaucher l'un de ses protégés, et quelque temps après, ce protégé part avec la caisse. Ses anecdotes, relatées encore et encore sont celles avec des noms, sa manière toujours de ne pas parler de lui. Parfois il dégaine d'autres récits, des par-cœur tout aussi figés, souvenirs de béton qui, là encore, ne servent qu'à masquer. Une première amoureuse (« Alors si ça se trouve, on aurait pu être ses filles ? »), une enfant algérienne qu'il a voulu adopter lors de son service militaire (« Mais elle est où ? »), la lettre de demande en mariage qu'il envoie à notre grand-père maternel (« Il a dit OK ? »). Rien sur la cicatrice. Je l'ai dit, lorsque de temps en temps, quand même, nous poussions plus loin nos questions, il demeurait flou, évasif, ou s'exaspérait, et avec cette histoire de dette, il me vient à présent à l'esprit que ce n'était pas seulement par défiance à l'égard de la psychologie. Tout en lui est peut-être occupé à chasser les regrets, les déshonneurs, à ne surtout pas revenir sur lui-même au risque de n'y retrouver, à ses yeux, que des échecs.

Après le divorce de nos parents, en 1973, papa a naturellement retrouvé sa mère (son père décédé en 1968), aux oubliettes sous le règne méprisant de maman. À nouveau elle a fait partie de son quotidien, et du coup un peu du nôtre. Des bribes ont surgi, des « Tu te souviens », toujours trop abstraits pour nous, les filles. Aucun lien, ça ne nous rappelle rien. Et puis nous restons sur nos gardes, prêtes à dénigrer, l'opinion de maman inscrite en nous.

Papa est-il heureux de la revoir ? Impossible de le savoir, son sens du devoir brouille les pistes : rien ne distingue ce qu'il veut de ce qu'il doit. Le patrimoine familial est chez lui un impératif, une affaire de responsabilité. Et cette responsabilité écrase le reste, domine tout, l'amour, le souvenir, la pierre, la feuille, le ciseau. Au jeu de shifumi, la responsabilité remporte toujours toutes les parties, même si, en fin de compte, le vainqueur n'est rien d'autre que coupable. Ou victime. De n'avoir pas assez accompli.

Et si papa avait passé une bonne partie de son existence à louper son propre coche ? La question soudain m'accable, et là-dessus, c'est à ses parents, désormais, que je ne peux m'empêcher d'en vouloir. En fille de ma mère, oui, je leur en veux de ne pas l'avoir poussé à s'émanciper, à partir, à devenir. « Inutile de gagner tant d'argent, ou la guerre, mon fils, l'estime ne requiert pas forcément ces victoires-là, tu ne nous dois rien » : voilà ce qu'ils auraient dû déclarer. Au lieu de quoi ils ont exigé qu'il reprenne le flambeau, qu'il s'installe à leur place, dans un fauteuil aux mesures d'un autre temps, d'une autre époque. Comment je le sais ? Une fois encore, je ne le sais pas. Je le devine. Et maintenant que j'y songe, que mon corps tout entier y pense, contrairement à ce que j'ai pu croire, il me semble que papa ne voulait pas être son père comme je désirais être maman. Lui n'a simplement pas eu le choix. Il en faut de l'audace pour dire non à un grand homme. Pour dire non à ses parents. J'en sais quelque chose.

Ses yeux ce jeudi 5 mai 2016 à nouveau me saisissent le cœur : est-ce nous qu'ils implorent, ou bien plutôt une manière de pardon, n'avoir pas été à la hauteur, une pâle imitation seulement ? Mes petites filles, ne me laissez pas seul devant le tribunal de mon père : pas de paix en Israël, l'usine depuis longtemps en faillite, pas de biens en propre. Même les bijoux de la place Vendôme sont partis en vacances de Noël. Il ne reste rien. Qu'une longue et honteuse litanie de soustractions.

Et tu sais quoi, Pierre, serre-moi bien fort, et resserre-nous, tiens, parce qu'une effroyable pensée, à l'instant, me rend visite : la sœur de papa, un jour de sa jeunesse, a voulu s'en aller, et quitter sa famille, elle s'est suicidée. Anne, ma grande sœur, elle aussi est partie. Une rupture nette comme une petite mort. Faut-il y voir une répétition, pour une fois réussie ? A-t-il jamais fait le rapprochement ?

Dégage, effroyable pensée, dégage. Pas question de clore ce chapitre là-dessus. Ni non plus d'y associer mon deuil, l'écriture m'a prise de court, la voilà qui se mêle de ce qui ne regarde pas les enfants. Dégage, dégage.

Finir doux : papa détestait la couleur rouge, encore l'une de nos plaisanteries. Il aurait mérité d'être Taureau (le signe). Une écharpe, une robe, des chaussures, un sac… le rouge le dérangeait, pas question d'admettre qu'il pouvait nous avantager, un truc épidermique, même si ça ne l'a jamais empêché de manger des tomates. En règle générale, nous nous abstenions d'en porter, ou bien alors nous nous en excusions en riant. Du coup, lorsque deux mois à peine après sa mort, Kirstin nous a envoyé, par SMS, la photo d'une paire de baskets rouges qu'elle venait de s'acheter, j'ai pris ça comme une merveilleuse nouvelle, enfin une bonne nouvelle, ai-je envie d'ajouter : la femme de notre père capable de ce petit clin d'œil, de ce joli pied de nez, j'y vois une manière d'obligeance, et cette obligeance me rappelle les petits déjeuners offerts chez Didi. Papa parti, ce n'est plus pareil, n'allez pas croire que ça n'a été qu'un mauvais moment à passer, non, ça change la vie, la mort de cet homme. On porte du rouge et, autre signe de même nature, Kirstin commence de mettre oignons et échalotes – que notre père ne digérait pas – dans ses plats.

Va sans crainte, papa, ton absence ne passe pas inaperçue. C'est une gloire, le rouge et les oignons. Je suis sérieuse (je le jure). Et il y en a d'autres, de ces gloires-là. Par exemple, Juliette fume ouvertement, Émilie qui ne part jamais en voyage va partir en voyage, j'en ai un peu marre de la Shoah et Anne, je crois, ne t'a jamais autant ressemblé.

TROISIÈME JOUR

(lundi 11 janvier 2016 - ...)

Nous avions une quinzaine d'années, mes amis de lycée et moi, nous n'étions pas des foudres de rock, plutôt sages, pas vraiment besoin de rébellion, les uns et les autres issus de milieux cultivés où la culture, justement, nous offrait un mode d'évasion et parfois même de revanche plus paisible, nos insoumissions sublimées par l'art, nos révoltes individuellement éparpillées. Mais enfin, comment passer à côté de la musique des années 70 ? Je ne me souviens plus de la manière exacte dont c'est arrivé, Patti Smith et son album *Easter* ont alors bouleversé notre calme. Des mois à l'avance, nous avons réservé nos places pour son concert prévu en mars 1978. Il devait se dérouler au Pavillon de Paris, à la Villette, nous avons compté les jours, *Because the Night* en boucle. Patti Smith a fait de nous une bande, tout à coup nous sommes passés au collectif, tous ensemble à allumer nos briquets dans la foule, tous ensemble à prendre très au sérieux ce sentiment de communion dont nous nous moquions à peine quelques mois auparavant. Drogués à son charisme, chavirés par sa voix, prêts à tout pour cette silhouette d'une maigreur irréelle, les bras en croix, le regard complètement illuminé, auréolé par un nuage de marijuana. Notre premier vrai concert, expérience fantasmatique, soudain nous aspirons à être libres, bien sûr il faut recommencer, et là-dessus nous avons de la chance car David Bowie se produit lui aussi à la Villette, cette même année, au mois de mai, à peine quelques semaines plus tard. Nous achetons nos billets. Direct. Même si David Bowie ne nous est pas aussi accessible – *Ziggy Stardust* dépasse notre raison, ses aspirations loin des nôtres, son esthétique nous échappent –, nous apprécions plusieurs de ses chansons et un concert de cette nature, nous le savons à présent, est une promesse de rare exaltation, une sensation, un espoir de désobéissance auxquels nous ne résistons pas à goûter de nouveau.

Sauf que la veille du grand soir, mon père m'appelle pour me proposer de l'accompagner, le lendemain, à l'Opéra Garnier. Une représentation des *Noces de Figaro* mise en scène par Giorgio Strehler avec, entre autres, la cantatrice Teresa Berganza dans l'un des rôles-titres. Une fabuleuse affiche, Kirstin a un empêchement de dernière minute, papa m'invite à en profiter. Et je choisis Mozart. Mozart plutôt que David Bowie. Papa plutôt que ma bande d'amis. Une cérémonie d'adultes plutôt qu'une frénésie adolescente. Voilà très exactement comment, ce jour-là, je me figure l'alternative. Et je ne regrette rien. Moi qui ai été élevée aux *Moments musicaux* de Schubert par Alfred Brendel, mais aussi aux opéras de Mozart (seuls dignes de ce nom aux yeux de mes parents), je passe une soirée magnifique, consciente d'assister à un spectacle rare.

Reste que le 11 janvier 2016, trente-huit ans plus tard, je réalise de manière plutôt fulgurante que mon choix d'alors était tout autre. Ce n'était pas papa contre ma bande d'amis. Mais papa contre ma sœur Anne.

Lundi matin 11 janvier 2016, donc. Tout commence par se dérouler comme d'habitude. Mon réveil sonne à 7 h 40, à 7 h 41 j'allume mon ordinateur, à 7 h 42 je commence de faire couler mon bain (n'en déplaise aux écologistes, j'attendrai l'interdiction absolue des baignoires avant de renoncer à ce plaisir. Je sais, ça ne me rend pas très sympathique). À 7 h 43, je m'empare de ma petite radio portative, rangée à côté de mes bijoux, il est l'heure du « Vrai-faux de l'info » sur Europe 1. Je le sais également, ma fidélité à cette matinale soulève d'autres objections encore. « Que des pubs ! » me dit-on, à quoi je rétorque que justement, ces publicités m'arrangent bien : j'en profite pour me laver les dents et me rincer les cheveux sans rien perdre de l'info en continu. À 7 h 56, l'intervention de Daniel Cohn-Bendit, petite bouffée d'intelligence, me signale qu'il est temps de sortir du bain, je me sèche pendant la météo et lorsque débute le journal de 8 heures, je commence à me tartiner de crème. À 8 h 10, l'édito économique, je dois avoir fini, prête à partir chez Didi.

Lundi 11 janvier 2016, c'est à 8 heures précises qu'advient le bouleversement. Premier titre du journal, mis au conditionnel, « Il semblerait que David Bowie soit mort » et, quelques instants plus tard, « David Bowie est bien mort ».

Oubliée la crème hydratante, mes genoux flanchent, je m'assieds sur le rebord de la baignoire, je fonds en larmes, mes larmes deviennent sanglots, mes sanglots un flot continu de pleurs, mon visage inondé, collant, mais enfin calme-toi, c'est ridicule.

Soixante-neuf ans, un cancer, et à présent un extrait de *Heroes*. Ce n'est pas la bonne chanson, pas celle-là, ce qui m'aide à me relever. Sur BFM TV, chez Didi, des images, des témoignages, des clips se succèdent, le genre de monopole d'information qui exaspère papa, comme si plus rien d'autre ne comptait, pauvre monde, mais enfin, pour moi, ce matin-là, plus rien d'autre ne compte, un vrai jour à ne pas régler son petit déjeuner, ce qu'évidemment Didi ne considère même pas. De retour à la maison, ce n'est pas Pierre, mon mari, parti travailler tôt, que j'appelle. Pierre est technicien du spectacle, le rock est son domaine, sa culture, sa passion, son expertise. Grâce à lui, j'ai assisté à l'un des derniers concerts parisiens de Bowie, dans les années 2000, un moment dont je garde peu de souvenirs, il était là et en même temps non, une sorte de service minimum, un entretien vite fait bien fait de la légende. On s'en fout, c'est juste pour dire qu'on y était. Ce n'est pas Pierre que j'appelle, moi qui l'appelle tout le temps, et d'ailleurs je n'appelle personne, j'écris un mail, en urgence, à ma sœur Anne, au beau milieu de sa nuit américaine, une fois de plus. Dans le Colorado, il doit être 1 heure du matin. « Tu te souviens *Mickey Mouse Has Grown Up a Cow* ? Eh bien il est mort. » Voilà. Ce mail aussi spontané que précipité devance ma mémoire, c'est lui qui commence et à sa suite, obscurément, s'élèvent des voix, pas d'images, juste un lointain, si lointain, de chansons dans une autre vie. *Life on Mars*, bien sûr. À la hâte, je fouille parmi les vinyles de Pierre, l'album *Hunky Dory*, *Life on Mars*, face 1, quatrième morceau, le voilà sur la platine, je monte le son, plus fort encore, et *Mickey Mouse Has Grown Up a Cow* : en 1974, j'ai onze ans, Anne quatorze, le disque est sorti en 1972 mais c'est alors qu'elle m'entraîne dans sa chambre pour me le faire écouter. Sa grande chambre au premier étage du duplex où nous vivons, là où l'un des WC ressemble à une jungle luxuriante. Plusieurs fois elle remet la chanson, écoute, écoute ce passage-là, quand il dit *Mickey Mouse Has Grown Up a Cow*, c'est pas dément, c'est pas fantastique ?

Enfoui, complètement oublié, et soudain tout rejaillit, un formidable geyser : ma grande sœur Anne, dont les amies m'ont rappelé, lors de la crémation de maman, qu'elle me surnommait « Tu pues du cul », oui, voilà, ma grande sœur m'a fait partager la ferveur que lui inspirait ce morceau-là. Anne m'a initiée à David Bowie. Car après *Life on Mars*, d'autres chansons me reviennent comme si c'était tout de suite : *Space Oddity*, *The Man Who Sold the World*, *Changes*, *Cygnet Committee*, *Oh ! You Pretty Things*, *My Death*. Chaque note, chaque son, chaque accord est un par-cœur ressurgi d'une époque où, plus généralement, je ne me souviens que d'une fille me chassant comme on le ferait d'une mouche.

Mais comment ai-je pu, depuis toutes ces décennies, laisser de côté, complètement à l'abandon, les confidences d'Anne sur David Bowie, elle qui ne se livrait pas, ou si peu. Comment ai-je pu, malgré ses si fréquents nouveaux albums, et avant cela le concert de 1978, ne jamais faire le rapprochement, ce rapprochement si doux, ma grande sœur bleue qui avec moi partage quelque chose n'appartenant qu'à elle, rien à voir avec notre famille plongée dans les *Moments musicaux* de Schubert, non, Bowie est son choix.

Pierre m'appelle, il n'est pas au courant, je lui annonce la nouvelle, et à nouveau je pleure. Pierre connaît mon romantisme, il m'a vue verser une larme à la mort de Bashung, de Gabriel García Márquez ou de Patrice Chéreau, des disparitions comme de petits pans écroulés de mon mur. Il sait que chaque fois que je revois le film *Molière* d'Ariane Mnouchkine, je pleure parce que Molière est mort. Et puis, il le devine : depuis près de huit mois que nous l'avons perdue (Pierre aime me faire rire : « Tu veux dire que tu l'as *égarée ?* »), oui, voilà, depuis qu'*égarée* maman a rendu la mort possible, elle recommence de mourir à chaque nouveau décès, et d'ailleurs papa aussi, lui qui vit encore.

Mais David Bowie, c'est autre chose : toute cette semaine de janvier 2016, et longtemps après encore, je regarde et j'écoute, ses disques, toutes ses interviews, tous les documentaires, tous les extraits de tout à la poursuite de nos années 70, revenez, revenez. Au grand dam de mon père, qui ne comprend pas, David Bowie devient une obsession. Pour mes autres, le phénomène passe relativement inaperçu : après tout c'était une star, et puis je vis avec un homme dont c'est le quotidien, tout de même, cet univers. D'ailleurs ensemble nous lui rendons hommage, plusieurs jours durant, à la maison, nous dansons tranquillement sur ses chansons, nous achetons les journaux et magazines dont il fait la une, c'est-à-dire tous. Pierre me raconte ses souvenirs de concerts, lui qui tant de fois l'a vu sur scène, et en coulisses, lorsqu'il travaillait sur certaines de ses tournées. L'album *Ziggy Stardust*, qui ne me rappelle pas Anne puisqu'elle me faisait plutôt écouter les précédents, commence de me rappeler Anne. La musique rock a ce pouvoir-là, plus encore qu'une madeleine, plus encore, m'apparaît-il, que Schubert par Alfred Brendel, remettre le passé au présent, ressusciter ce qui compte. J'écoute comme on déroule un fil, *Life on Mars, Space Oddity, The Man Who Sold the World, Changes, Time, Cygnet Committee, Oh ! You Pretty Things, Five Years, Rock'n Roll Suicide*, inlassablement je retourne dans cette chambre au premier étage de notre appartement, quand Anne m'invite et que je suis sa confidente.

La mort de David Bowie est une mort idéale, n'est-ce pas, nette, immatérielle, pas besoin de tableau Excel, pas d'administration, pas d'appartement à vider, ni de contingences autres, toutes ces choses qui, je le sais à présent, relèguent à plus loin, à plus tard la vivacité de la douleur. La mort de

David Bowie ne prend aucun détour, c'est une route directe, parfaitement dégagée de la chambre de ma sœur à maintenant, une tornade à l'intérieur de laquelle confortablement je me faufile, je m'installe, je me pose. Me voilà immobile, les chansons m'emmènent, je ferme les yeux, j'efface mon alentour, nous étions ensemble, et je percevais exactement ce qu'Anne cherchait à me transmettre, son *Mickey Mouse Has Grown Up a Cow* m'imprégnait de sensations charnelles, d'une petite jouissance. J'attrape au vol, avec une précision sans faille, ce plaisir, du coup je revois son grand bureau blanc, près de la fenêtre, là où me semble-t-il elle passait des heures, matheuse obstinée, consciente, dès le commencement, que le travail serait sa porte de sortie, je revois son grand placard, à côté, il était entièrement recouvert de vert, le vert des tableaux d'école, on pouvait écrire dessus à la craie. Et son lit. Un lit double ? Qu'y avait-il au sol ? Elle devait porter un jean, elle ne mettait que des pantalons, elle ne devait pas sourire, je ne la vois pas sourire, délicatement elle s'empare du bras, sur son tourne-disque, encore une fois la petite phrase, et ce que j'avais franchement enterré, c'est combien alors j'aimais qu'elle partage avec moi, cadeau d'une rareté inouïe, un antipode de la solitude, et à présent David Bowie, *notre* David Bowie, m'emmène encore plus loin – ou plus près ? – vers un moment d'une même connivence, la chambre d'enfance d'Anne me précipite vers un autre lieu, un autre temps, également béni (écrit mon clavier avant même que je ne m'en mêle) : le temps de la mort de maman, voilà près de huit mois.

Comme je l'ai dit, dès mon retour précipité de la Pointe Rouge, j'ai retrouvé, chez ma grande sœur, la même distance, le même ascétisme, la même absence de compassion, la même efficacité dès lors qu'il s'agit de prendre le concret à bras le corps. Mais pas seulement : lorsqu'elle a quitté la France pour les États-Unis, en août 2015, après que grâce à sa ténacité nous ayons pratiquement bouclé la succession de notre mère en un temps record, Anne m'a envoyé un mail. Il commence par *Mon Hélène Chérie.* Elle y évoque le fait que, sur les photos de notre petite enfance, nous jouons ensemble et sommes toujours habillées à l'identique. Elle y écrit : « C'est important qu'on reste en contact et proches », et dans la grisaille de janvier, je me remets à pleurer parce que, je le découvre, *Mon Hélène Chérie,* alors venu rejoindre *Tu es assise ?*, et *Ça va te tuer* ne sont jamais que des pépites de réminiscence de ces instants oubliés, et à présent retrouvés, lorsque Anne me faisait découvrir David Bowie, lorsque nous étions sœurs, lorsqu'elle semblait m'aimer, moi qui toutes ces décennies l'ai prise de loin, et même de haut, cette fille qui jamais ne paraît manifester d'intérêt à notre égard, ma meilleure défense c'est l'attaque, j'évacue d'une phrase lapidaire ses différences, et son apparent dédain, « ma sœur est chiante ».

Le 11 janvier 2016, lorsqu'elle se réveille dans le Colorado, elle répond à mon mail : « Quels souvenirs, j'adore Bowie c'est totalement génial !!!! », mais je sais qu'elle ne va pas prendre le temps d'être triste, du temps qu'elle estimerait perdu, alors je m'en charge pour elle, de cette tristesse, de ce spleen mêlé de gratitude, mais si, David Bowie, je te suis tellement reconnaissante de me le rappeler, de me le jeter à la figure, sans ménagement : rien n'est plus moral et vertueux que de prendre le parti de sa sœur plutôt que celui de ses parents. Rien n'est plus doux que ce partage-là, et il me vient désormais à l'idée que telle est probablement la raison pour laquelle Anne, régulièrement, nous convie à dîner. Pour qu'ensemble nous prenions naturellement parti les unes pour les autres. Alors oui, grâce à cette musique, grâce à la mort de David Bowie, celle de maman entre soudain dans le registre du bon souvenir, j'ose cette audace, un bon moment détaché du chagrin pesant, insidieux, tellement inattendu qui quotidiennement continue de me raidir, plus aucun jour à lui en vouloir, et comme ma mère me manque.

La période où maman meurt devenue douce à la mémoire – je me retiens d'ajouter regrettée, une période regrettée –, est aussi pourquoi je pleure, un tel déferlement de larmes, les larmes dont Émilie est si familière, j'ai envie de l'appeler, « Mais comment tu fais pour ne jamais assécher ton stock lacrymal, comment tu fais pour ne pas t'épuiser à la tâche de pleurer, ça ne te crève pas, à la longue ? », au lieu de quoi je m'en remets à ma désinvolture. « Je fais mon Émilie, je me déguise en toi en ce moment ! » je lui dis.

Je voulais qu'Anne se réconcilie avec notre père, son père, avant son exil aux États-Unis, je rêvais d'une unité, d'une petite once d'harmonie, la complication, pour une fois, ne gagnerait pas. Forte de ce que nous avons découvert à la mort de notre mère, ce soulagement d'avoir pu nous réconcilier grâce au cancer du sein, quel apaisement cette absence de regrets, et de remords, ces regrets et ces remords qui vous rongent, je tente de la convaincre. Mais elle ne veut rien entendre. « Ça ne regarde que moi », elle répond. Alors je suis allée parler à papa. En juillet dernier, quelques semaines avant le départ définitif de sa fille aînée. Il se reposait dans sa chaise longue, sur sa terrasse. J'ai essayé de le convaincre : pas d'au revoir solennel, pas de prière d'allégeance, pas de tentative de grandeur, cette grandeur de ton père qui te colle à l'âme et au devoir. S'il te plaît, juste une vie qui ne serait pas un roman, juste un « Tu vas bien, Anne ? Raconte-moi ton départ, tes espoirs, tes projets, ta vie m'intéresse ».

« J'en suis incapable » fut son unique réponse. Pas un mot de plus.

Ah bon ? Incapable de curiosité à l'égard de ta fille ? Incapable d'envie de la connaître ? Incapable d'envie de la comprendre, vous qui vous ressemblez tant ? Voilà ce que j'ai pensé et n'ai pas dit, voilà ce que j'aurais dû lui répondre et n'ai pas dit. Alors j'ai oublié ce moment, oublié cette entrevue, pour mieux chasser ma honte, celle de n'avoir pas protesté, ni cette fois-là ni jamais, moi qui depuis des années, depuis toujours, en fait, ai pris son parti à lui, contre Anne, « Ne t'en fais pas, papa, c'est elle la coupable, elle qui ne fait aucun effort. »

Les Noces de Figaro contre David Bowie.

Sauf qu'à présent, David Bowie prend sa revanche. Et c'est désormais une évidence : cette réconciliation entre les deux, je la voulais comme un gage de présence, la présence d'Anne au moment où papa disparaîtrait. Pouvoir, une fois encore, me blottir dans les bras de mes sœurs, les seuls bras qui vaillent, les seuls abris sur mesure, parce que nous perdons le même toit. Je voulais revivre le bon souvenir de la mort de maman. Mais bien sûr, ça n'a pas lieu. Le 6 mai 2016, notre père s'*égare* à son tour et je suis prise d'un vertige de solitude sans précédent. Ce vertige s'insinue à la verticale, cette verticale remonte les ans, forant et creusant dans l'unique espoir de retrouver le commencement, l'expérience d'une gémellité. Émilie, dont nous moquons les névroses acharnées, n'a pas tort, elle, désormais cinquantenaire, toujours à l'affût des ombres et lumières de sa toute petite enfance, comme si ça pouvait encore compter. Mais mon Dieu oui, ça compte, ces premiers temps de presque parfaite égalité, frères et sœurs logés à la même enseigne, aux mêmes souvenirs, dans les mêmes chambres.

Sur l'écran de mon ordinateur, j'ouvre le dossier « photos ». Comme Anne le suggérait, nous avons numérisé tous les albums. Une à une je contemple les images. Avec *Life on Mars* à fond les ballons, ce ne sont plus du tout les mêmes qu'avec les *Moments musicaux* de Schubert.

Et voilà ce que je découvre : effectivement, Anne et moi sommes souvent habillées de la même manière, Émilie sifflote, Anne sourit, ensemble nous faisons des batailles de coussins, des ballets nautiques dans la piscine, des boules de neige l'hiver, toutes les trois nous cherchons les œufs à Pâques, et nous amusons à nous faire des grimaces, souvent nous nous tenons la main, sur les plages d'Irlande nous crions dans l'eau froide, et avant ça, dans les Landes, nous jouons aux Indiens. Les jeunes filles au pair norvégiennes et Aline Roussel occupent une place d'importance également, et d'ailleurs Kirstin et Anne, qu'à peine six années séparent, se retrouvent souvent sur le même cliché. Avant que Kirstin ne devienne la femme de papa. La plupart du temps, Anne et Émilie invitent leurs amies en vacances. Leurs copines, nos biographes, sont partout. Pour ma part, c'est moins flagrant. Je préfère rester seule et je passe mon temps à lire. Mes parents me suffisent. Ce sont eux qui m'intéressent, ce qui est assez logique puisque je n'ai jamais voulu être une enfant, et d'ailleurs, à l'inverse de mes sœurs, je déteste partir en colonie. Mais la preuve est là : David Bowie et ces photos me démontrent que nous nous amusions et vivions bien ensemble, Anne, Émilie et moi. C'étaient elles, mes complices. Y compris lorsque nous nous disputions le rôle du médecin, à l'hôtel Buswells.

Lors de ce premier séjour en Irlande, en 1971, nous voyagions en Méhari, et à l'arrière, toutes les trois, nous passions notre temps à marchander des grattages de bras, auprès d'Émilie en particulier, moins fan de ces petites douceurs : tu me grattes-caresses une demi-heure et pendant une semaine, je descends la poubelle à ta place.

Le soir, dans nos chambres d'hôtel ou de Bed & Breakfast, je les exhortais à ne pas dormir, à me parler. J'étais insomniaque, et je redoutais qu'elles me laissent seule avec la nuit. J'ai pourtant passé mon enfance, mon adolescence et encore après à les trahir.

En 1973, Anne et moi séjournons toutes les deux dans une ferme en Irlande. Ma grande sœur ne veut pas de moi, le fils aîné des fermiers l'émoustille, et ma présence l'empêche de faire ce que l'on aime faire à treize ans, son indépendante, son ado sans famille. Nous partageons le même grand lit double, elle exige qu'un traversin sépare chacun de nos côtés, pas question de contact. Mais alors j'en veux terriblement à maman de m'avoir laissée seule avec cette méchante sœur. Tu ne me refais pas ce coup-là, maman, je lui dis, oui, voilà, c'est à ma mère que je me confie.

Un autre jour d'une autre année, nous nous trouvons sur une terrasse, à la campagne, notre mère badine avec ses cigarettes, son indéfectible tasse de thé et des amis. Anne passe par là. Maman lui fait remarquer qu'elle a encore mis « ce jean qui ne lui va pas du tout ». Elle parle fort, en riant, toujours en riant, comme si ce n'était pas grave. Anne s'attache à rester de marbre, de toute façon elle n'envisage pas un instant de délaisser ce jean, ce que, pour ma part, je n'aurais pu m'empêcher de faire, et je ne dis rien, je me contente de ressentir l'humiliation que maman fait subir à ma sœur, je ne prends pas sa défense. Ni non plus lorsque si régulièrement Anne sort de table avec fracas. Au contraire : moi qui supporte peu les disputes et les voix élevées, la discorde me terrifie, j'ai longtemps eu tendance à rendre la Anne de notre enfance responsable de cette terreur-là, même si maman et ses péremptoires conseils ont tellement pris le relais.

En 1975, pour la première fois nous partons en vacances avec papa et Kirstin. Un tour de belle France, à la découverte de régions pour nous inconnues, les Cévennes, les gorges du Tarn, le Lot, le lac Chambon. Anne fait la gueule en permanence, pas une indulgence à l'égard de Kirstin, pas une parole douce à notre père, et le soir, dans la chambre que nous partageons, elle tente de nous convaincre que tout est atroce, que tout est nul, elle veut que nous fassions front, toutes les trois, et déclarions merdique, totalement merdique ce voyage durant lequel papa essaie désespérément et si maladroitement de nous prouver son amour (des cadeaux, des hôtels de luxe, des « comme vous voulez, mes petites filles »), mais que vaut l'amour d'un père qui vous vole votre jeune fille au pair, qui bouleverse votre adolescence ? Ou bien s'agit-il d'une autre raison ? Quoi qu'il en soit, la dureté d'Anne produit l'effet inverse, tellement disproportionnée, tellement radicale, franchement ce n'est pas si dramatique, Émilie et moi choisissons de défendre papa, sa victime.

Une autre trahison, bien plus tard. En 2004, pour les soixante-cinq ans de notre mère, Anne suggère que toutes les trois nous l'invitions à dîner dans un bon restaurant. Elle trouve le lieu, une adresse gastronomique, spécialités du Sud-Ouest, tout ce qu'elle ne peut pas manger, mais elle réserve parce que c'est censé être une adresse de renom, et du coup un cadeau de qualité. Nous voilà réunies longtemps, bien longtemps avant le cancer du sein. Nous commandons, les entrées arrivent, et pendant tout ce temps, maman reste obstinément elle-même, comme si cette circonstance particulière ne méritait pas un petit effort de sa part. Elle ne nous demande pas comment nous allons, nous coupe la parole, nous raconte ses voisines dont nous nous foutons éperdument, nous parle des enfants des autres, un neveu ultra doué, la fille ou le fils épatant de truc, maman a cette habitude de nous rappeler que ces enfants des autres ont tout autant que nous la légitimité d'être les siens, dès lors qu'elle les choisit, et bref, je pète un câble, je l'insulte : ça te ferait mal de nous respecter pour une fois, merde ! À quoi maman répond que je peux partir si je ne suis pas contente. Et je pars. Je laisse en plan mes sœurs avec cette folle, je leur abandonne le soin de se la coltiner jusqu'à la fin du repas, et de régler la part à laquelle je m'étais engagée. Elles passent évidemment une soirée gâchée par ma faute, « on la connaît, qu'est-ce qui t'a pris ? ». Sur le moment je m'en lave les mains, je m'en vais.

Mais bien sûr, ma pire perfidie, ce sont mes dépressions à répétition. Elles commencent dès avant mes années 20 : je ne peux pas m'en empêcher, je fais la grève de la vie, je m'adonne à la tristesse, je m'y obstine même. Si tôt je l'ai compris, ou plutôt mon corps tout entier le saisit, instinctivement : le malheur, ce fantastique objet de chantage grâce auquel capter, et surtout accaparer l'attention, celle des adultes en général, celle de maman en particulier. Je fais mon intéressante, mon endolorie, je tends des pièges dans lesquels attraper les inquiétudes. Et maman tombe dedans, elle s'inquiète, de mes insomnies, de ma mélancolie, de mes angoisses, et cette inquiétude prend tant de place, tant de considération qu'elle n'en a plus vraiment à donner à mes deux sœurs. Je l'ai dit, je veux être elle et comme la chose s'avère impossible, pas question, alors je la réclame en exclusivité, à plein temps retenir son attention, qu'elle comprenne. Et ce duel, notre duel, exclut complètement les deux autres, pas un instant je ne me préoccupe du sort d'Anne et d'Émilie. Je n'en ai pas vraiment le loisir, d'ailleurs, tout occupée à souffrir, pour de bon, ça ne se feint pas ce genre de douleur, on peut tromper son monde avec une fausse fièvre, un faux mal au ventre, mais pas avec une fausse tristesse. Alors je ne pense qu'à moi, c'est-à-dire à maman et moi.

Ce qu'Émilie tentera de m'expliquer des années plus tard : notre mère se charge de lui répéter combien il faut me ménager, et me laisser tranquille, en conséquence de quoi nous nous éloignons l'une de l'autre, Émilie d'emblée renvoyée à la marge, à la place de celle qui n'a pas besoin d'aide. Ce qu'Anne ne me reprochera jamais ouvertement, sinon en affichant un ostensible dédain à l'égard de la psychologie, cette minable complaisance.

Parmi les dizaines d'interviews visionnées de David Bowie, une en particulier retient mon attention, je l'écoute encore et encore. Il y raconte la fois où son fils, âgé de douze ans, rêve d'aller écouter le groupe punk rock PiL de Johnny Rotten. Bowie se propose de l'y emmener. Le jour dit, son fils sort de la salle de bains les cheveux teints en rose et vert, prêt pour le concert. Bowie s'entend lui dire qu'il est hors de question qu'il sorte comme ça quand il se souvient soudain de qui il est lui-même. Et il éclate de rire.

Anne gardait son uniforme bleu, mais voilà, à l'intérieur s'épanouissaient probablement du rose et du vert. Enfant, elle aurait pu se teindre les cheveux. Adulte, elle aurait sans doute laissé faire ses enfants. Et Émilie ? Aujourd'hui, il m'apparaît qu'elle voulait seulement que maman ou papa l'emmène au concert. Et là-dessus, son marron sans doute s'en mêlait, couleur neutre qui l'encourageait à ne pas manifester son désir, elle veut que les parents viennent à elle, spontanément, sinon ça ne compte pas. Sauf qu'ils sont occupés à se préoccuper de mes dépressions. Voilà : à force de détourner leur tendresse, il ne leur reste plus vraiment d'énergie pour mes sœurs, et sans doute moins encore pour Anne, si réfractaire aux effusions du cœur, des gestes et des mots. Il faut trouver autre chose, l'approcher de côté, ou d'ailleurs, ce qui demande un effort supplémentaire, et de l'imagination.

En janvier 2016, hypnotisée par les déhanchements d'une autre planète, la si troublante androgynie, l'étrangeté de textes auxquels, le plus souvent, je ne comprends rien, cette liberté insensée avec laquelle David Bowie s'offre au monde, l'audace lunaire solaire stellaire, l'audace tombée du ciel de cet homme affranchi de toutes les lois du genre, je réalise qu'il n'est évidemment pas anodin que ce soit sur lui, plutôt que sur Bob Dylan ou les Beatles par exemple qu'Anne ait, adolescente, jeté son dévolu. Bien sûr, elle avait d'autres chanteurs en tête, mais dans mon souvenir, *Mickey Mouse Has Grown Up a Cow* n'a pas d'équivalent. Celui qui plus qu'aucun autre se moque du bleu et des évidences, Anne le choisit.

Maman considère le style et les apparences de Bowie avec dégoût, le comble de la vulgarité, une laideur inutile et grotesque, papa ignore complètement cette culture-là. En mai 1978, il n'a pas pu imaginer un refus de ma part, pour l'Opéra, « Non, papa, je préfère Bowie ». « Vous me désespérez, mes petites filles », aurait-il sans doute répondu. Pas un instant nos parents, ni non plus moi, ni Émilie ne nous sommes étonnés de l'emballement d'Anne pour cet artiste hors norme, pour cet homme sans vergogne, résolument différent, alors que tant de fois ma sœur aînée a occupé nos conversations, nos interrogations, Anne et sa rigidité, Anne et son quant-à-soi, Anne sans peur.

Un jour de 1971, lors de ce premier périple en Irlande, nous nous trouvons près d'un lac, un immense lac. Papa et maman louent une barque à moteur pour la journée, ce qui, à nos yeux de petites filles, est au moins aussi exotique que l'hôtel

Buswells. Nous voilà partis, il fait beau, un vrai sujet de satisfaction dans cette région du monde, nous faisons des tours, des détours, dénichons l'idéal bout de rive pour notre pique-nique, mais comme c'est sublime, mais quel rêve, mais quel bonheur. J'écris ça, mais en vérité, je me contente de répéter ce que mes parents commençaient par expliquer lorsqu'ils racontaient cette histoire. Pour ma part, je ne me souviens que de la seconde partie : il est temps de rentrer. On remballe tout. Enfilez vos pulls les filles, ça se rafraîchit. Maman, sûrement, allume une cigarette Kool. Mais le moteur refuse de tourner. Mille fois papa essaie, en vain : plus de batterie. Nous voilà seuls au milieu de la nature, sans aucun téléphone portable dont on n'imagine même pas qu'ils existeront un jour. Le soir tombe, on ne reconnaît rien, chaque recoin de lac identique à tous les autres, nos parents se relaient à la rame, dans l'obscurité, les arbres tout autour ressemblent à une armée menaçante. Et maman éclate de rire. Elle trouve ça hilarant, cette aventure qu'elle va pouvoir raconter encore et encore, tandis que nous commençons de grelotter, et d'avoir peur et envie de faire pipi. « On arrive quand ? » on demande, mais évidemment ce n'est pas une bonne question, ne nous emmerdez pas les enfants, restez tranquilles, laissez-moi rigoler. Et Anne est furieuse. Elle a onze ans et ne voit absolument pas ce qu'il peut y avoir de drôle à perdre ses filles au beau milieu de l'Irlande. Lorsque enfin, si tard dans la nuit, nous retrouvons notre hôtel, complètement rincés, maman continue de se réjouir de cette anecdote grâce à laquelle elle va pouvoir exalter son auditoire. Et je crois que dès lors la décision d'Anne est prise, sur laquelle elle ne reviendra jamais : priorité absolue à la morale, à l'infaillible protection et surtout au respect de plus faible que soi, les enfants d'abord. Ensuite, peut-être et seulement, il sera temps de se moquer. David Bowie entraîne Anne loin des lacs obscurs et des adultes sur lesquels on ne peut pas compter, loin des parents contestables, dans un monde où le courage est aussi de porter des jeans qui ne nous vont pas du tout.

Comme je l'ai dit, nous avons, chez maman, retrouvé des brouillons de lettres, ses déclarations d'amour parties à la poubelle, mais pour le reste, celles qu'elle écrivait à nos grands-parents en particulier, nous les avons conservées. Je ne me souviens plus de la manière dont nous nous les sommes réparties, mais j'en possède quelques-unes que j'ai pour la première fois envie de relire, désireuse de prolonger l'instant *Mickey Mouse has* etc. par tous les moyens. Je cherche donc celles qui remontent aux années 70, et retrouve d'autres petits cailloux de cette époque : sans grand soin je les ai délaissées dans un tiroir, là où s'amoncelle un fatras de courriers d'une autre vie. Je n'y retourne pour ainsi dire jamais. Depuis qu'après mes années 20, j'ai tout de même fini par remplacer la tristesse par le rire, et découvert son supérieur pouvoir d'attraction, depuis que j'ai cessé de voir ma mère pour paisiblement lui ressembler, et lui voler sa désinvolture, depuis que mon psychiatre et plus tard – mais si radicalement – Pierre, mon mari, m'ont entraînée vers la légèreté des choses, l'avant n'est pas un lieu où j'aime fouiner, ce qui m'incite généralement à oublier, et peut-être est-ce encore là ce qui provoque mes larmes : pour une fois, j'entreprends de regarder en arrière.

Autrement dit, David Bowie fout le bordel, un bordel monstre. Bien pire, ou peut-être bien mieux que la mort de maman, où la résurgence des souvenirs comme la telle abondance d'objets réparaient nos cœurs. David Bowie, une fois de plus, c'est autre chose : la naissance de la nostalgie.

Je sors tout, en vrac. Et je tombe sur deux lettres – les seules ? – qu'Anne m'a écrites à l'automne 1977, lorsque juste après son bac elle s'en va étudier à Boston. Elles sont longues, leur style spontané, pas le moins du monde vindicatives. Elle me répond, ce qui laisse évidemment supposer que je lui écrivais aussi. Je devais lui parler de ma solitude et de mes angoisses puisqu'elle s'évertue à me donner des conseils pour me sentir mieux (ne pas trop travailler, m'ouvrir aux autres) et de nombreuses fois, au fil de ces pages, me répète que nous sommes pareilles, exactement : toutes les deux, nous tenons à être différentes. De quoi ? De qui ? Des autres filles de notre âge ? Est-ce là encore l'effet Bowie, sa farouche volonté de ne surtout pas devenir la fille de ses parents ? Peut-être. Mais le fait est là : malgré la distance, et son départ si volontaire, elle ne renonce pas le moins du monde à être ma sœur. D'ailleurs elle me précise aussi qu'elle s'apprête à écrire à Émilie.

Et ces lettres me rappellent autre chose d'oublié, encore. En 1983, c'est chez elle, à Boston, que je décide d'aller célébrer mes vingt ans. Il est donc bien un temps, au-delà de l'enfance, où notre relation perdure, existe. Je songe à aller la voir, et pas un instant elle ne paraît récalcitrante.

Elle vivait alors là-bas avec son mari, je l'aperçois qui vient me chercher à l'aéroport, pas d'embrassade, pas de câlins complices, à peine un sourire. Mais un gâteau formidable fait par ses soins, des promenades sans compter dans tous ses endroits préférés, une tempête de neige commentée par elle avec enthousiasme, elle adore les tempêtes de neige du Massachusetts et, au beau milieu de ce déferlement de vent et de brouillard, nous voilà dans leur petit appartement, elle travaille, je lis, rien de spécial, un bout de vie serein. Rien ne cloche.

Pourquoi alors cela finit-il par clocher, tandis qu'Anne, sans effusion, mais sans tergiversation non plus, remplit son rôle d'aînée ? Pourquoi laissons-nous nos destins s'éloigner ? Évidemment, elle n'aurait jamais accueilli les parents comme elle m'a accueillie moi, les parents, je l'ai dit, arrivent pour elle loin derrière les sœurs. Mais il m'apparaît qu'elle aurait eu, avec les Aline Roussel ou les Mme Legrand les mêmes égards exactement, et c'est sans doute l'un des problèmes, pas de favoritisme, jamais, alors que peut-être, je dis bien peut-être, il ne devrait s'agir que de cela, de ce favoritisme auquel j'ai eu droit dans sa grande chambre, de ce favoritisme auquel maman se refusait, obstination dont Anne a hérité, quand, allez savoir, je récupérais la désinvolture et Émilie une indéniable ressemblance physique. Comment être certaine de compter, si jamais, pas un instant, on ne bénéficie d'une once de favoritisme ?

Bowie a souvent évoqué son demi-frère Terry, l'influence que cet aîné de dix ans a eue sur lui. Terry lui fait découvrir la musique, mais pas seulement. Diagnostiqué schizophrène, sa maladie est tout à la fois une source d'inspiration, tant de ses premières chansons l'évoquent, et une terreur. Pour se mettre à l'abri de cette folie si particulière, Bowie crée lui-même son personnage, ses dédoublements. Lui, l'extra-terrestre, a un frère. Et il a sa préférence.

Peut-être parce qu'il était malade. Peut-être parce qu'il s'est suicidé. La maladie. La mort. Nous connaissons bien, nous aussi. Les dernières années nous l'ont rappelé, au cas où nous l'aurions oublié : la maladie et la mort sont d'épatantes (hommage à toi, maman) manières d'attirer, d'appâter l'ange, le voilà qui rentre de sa si longue migration, le temps de passer, de repasser, d'en profiter. Rien de tel pour stimuler l'indulgence et la tendresse, amnistie générale, une sorte de philtre d'amour, c'est un peu guimauve, mais c'est comme ça. Le cancer du sein de maman constitue un exemple parmi d'autres. Et même si, de son côté, les maladies de papa, à force de durer, ne garantissent plus de systématique harmonie, il n'empêche : grâce à elles nous sommes unies, en contact permanent, solidaires forcément. Et il me vient à l'esprit que si Juliette, la plus sensée d'entre nous, probablement la plus attachée à la paix, a choisi de devenir médecin, c'est pour cette raison également : le monde dans lequel elle vit n'est pas drôle ni franchement heureux, mais il est espace de réconciliation, là où l'on s'aime malgré tout, là où, forcément, se restaurent les liens.

La maladie, c'est aussi le choix que j'ai longtemps fait, avec mes dépressions, et celui d'Émilie, abonnée aux maux de tête qui par ailleurs souffre gravement du dos. Nous n'avons pas pris exemple sur nos parents. Ils ont, eux, suivi le cours naturel d'un corps vieillissant. De nous-mêmes, nous avons compris le bénéfice de ces douleurs, pouce, on fait une pause, on sort de la compétition, nous voilà lovées dans une parenthèse de faiblesse, protégées des jugements, des tribunaux, de la conditionnelle, le temps de réclamer un supplément d'attention, de l'indulgence et, bien sûr, un peu de préférence.

En 2011, Émilie passe de nombreux mois à l'hôpital, où elle subit plusieurs lourdes opérations de la colonne vertébrale. Notre mère lui rend visite presque tous les jours. Émilie et moi l'avions alors surnommée « le petit diable », parce qu'elle débarquait les bras chargés de choses dont Émilie ne voulait pas, donnait son avis sur tout, y compris sur le diagnostic des médecins qu'il lui arrivait régulièrement de contredire, et passait des heures à soliloquer sur ses dernières lectures dont Émilie n'avait jamais entendu parler. Elle était voyante, bruyante, épuisante, et sa paranoïa aidant, Émilie n'envisageait pas une seconde qu'elle pût être là parce qu'elle s'inquiétait pour sa fille. Ou peut-être si, mais alors d'une manière si brusque, qu'elle s'en aille, qu'elle ne revienne plus.

Je suis allée, moi aussi, la voir souvent. Émilie, dans cette chambre d'hôpital, abandonne toutes ses défenses, ses urgences ont changé, ses priorités aussi, la douleur supplante la rancœur, la peur des opérations successives relègue dans un coin son combat contre nous. L'important n'est plus de continuer à bâtir un monde à l'inverse du nôtre, mais de ne pas être seule. De mon côté, de la découvrir si vulnérable dans son lit, si fragile, parfois désemparée, notre vie entière d'adultes s'évapore, nous nous retrouvons comme au début. Quel début ? Je ne sais pas, nous nous retrouvons, voilà.

L'un de ces jours de 2011, je l'appelle. Contrairement à ce que je lui ai annoncé la veille, je peux venir la voir l'après-midi même. « Oh c'est trop bon ! » elle s'exclame. Un *Trop bon* identique en tous points à son *Ça va aller, toi ?* J'ai envie de courir, de la retrouver dans l'instant, alors c'est vrai, ça compte pour toi, mes visites ?

C'est l'heure des petites déclarations, des petites douceurs, des câlins : depuis sa chambre, nous nous pardonnons tout, notre existence entière soudain compressée, rendue à notre dénominateur commun, ce même nid qu'un jour nous avons partagé.

Bien sûr, lorsqu'elle va mieux, lorsqu'elle réintègre sa propre vie, lorsqu'elle reprend les commandes de son amertume, c'est la fin de la trêve. Mais on en aura si bien profité de cette excursion dans l'enfance, un vrai grattage-caresses comme on n'en fait plus, n'est-ce pas. Et ce souvenir-là, à présent que j'y reviens, est au moins aussi douillet que ceux du cancer de maman, et de son *égarement.*

Mais Anne, elle, n'est pas malade. Jamais. Même de son diabète elle ne profite pas, elle n'y songe même pas. Elle se moque d'un amour gonflé de la sorte, elle ne considère que les actes, et ses convictions politiques et morales la tiennent éloignée de la tentation du favoritisme, celui que garantit, à sa façon, la maladie. D'un geste elle chasse toutes ces conneries, même si elle est là, indéfectiblement là, en cas de maladie des autres (à l'exception de celle de papa), présence sans forcément de paroles, on ne sait pas ce qu'elle pense, seulement qu'on peut compter sur elle. Et en échange, elle n'exige rien. Voilà le schéma classique, habituel, normal. Jusqu'à l'automne dernier, cinq mois après la mort de maman.

Anne revient quelques jours à Paris régler définitivement ses histoires de visa et de carte verte, l'ambassade des États-Unis, place de la Concorde, est sa destination de prédilection, mais elle profite du voyage pour passer des examens médicaux, nettement moins coûteux ici qu'outre-Atlantique. Et bing ! Tumeur au sein. Il faut opérer d'urgence. Tu le crois ? Mais comment, mais pourquoi, mais ce n'est pas possible, mais enfin, nous nous écrions Émilie et moi, et Anne aussi, à sa manière plus distante, « Ils disent que ça peut être causé par le stress », « Donc ça veut bien dire que toi aussi tu es stressée », ajoute Émilie à qui cette découverte fait du bien, mais déjà Anne nous rassure, tellement rodée à cette place de protectrice, la place de celle qui aide, et tient, et porte, « Ne vous en faites pas, c'est pris tôt, surtout passez une échographie, on ne sait jamais », elle commente, et malgré tout, un instant cette situation nous amuse, pour ne pas dire nous stupéfie. Car le mois de juillet précédent, quelques semaines après la mort de maman, quelque temps avant le départ d'Anne, je le jure, je fais une crise d'appendicite aiguë. Nous le savons, bien entendu, inutile de le rappeler, ça arrive à tout le monde, tout le temps, mais enfin quand même. Une crise d'appendicite tombée du ciel, à cinquante-deux ans, pas même de noyaux de cerises avalés en quantité déraisonnable. Quant à Anne, elle ne boit pas, ne fume pas, se nourrit sainement, tous les matins depuis des lustres elle s'en va courir une heure au moins. Alors son cancer, comme mon appendicite, je les mets à l'inventaire. Je les recense. Oui, eux aussi. Les déambulations de nos sèves respectives, tous ces legs croisés, tout ce patrimoine redistribué empruntent de drôles de routes, et nous avons beau lutter, c'est indéniable, cette fois, nous revendiquons une même fratrie. Nous la choisissons, cancer et appendicite comme un serment en lettres de sang. Et Émilie ? Émilie n'a pas besoin de ce genre de rappel, elle porte sur son dos toute la douleur de son héritage, croit-elle, écrasée par le poids d'un sentiment permanent d'injustice, de mauvaise donne. Sa réparation, elle l'obtient avec notre père dont elle s'occupe, excessivement, chez lui ou à l'hôpital, à sa manière elle le prend dans ses bras, le masse, le change, le nourrit, elle fait avec lui ce qu'elle estime que lui et maman n'ont pas assez fait avec elle. Mais bref.

Anne opte pour une opération en France. Sa frêle personne identique, sa réserve en apparence la même, et pourtant non : je l'accompagne chez le chirurgien, nous voilà dans la salle d'attente, et lorsqu'il vient nous chercher, elle me demande de l'accompagner, aussi, à l'intérieur de son cabinet. À quoi je décèle immédiatement qu'elle a changé de position. La voilà malade, sa vulnérabilité éclose, et je voudrais l'encourager à en profiter, tu vas voir Anne, je vais devenir ton aînée, repose-toi, quelque temps deviens la favorite, et sache-le, sache-le : jamais je ne me comporterais de la même façon, ni avec Mme Legrand ni avec Aline Roussel.

En janvier 2016, alors que meurt David Bowie, elle est depuis longtemps repartie dans le Colorado, où se déroule son traitement. Mais nous communiquons quotidiennement car les Américains tiennent à analyser sa tumeur, or entre le laboratoire en France et les États-Unis, sa tumeur a disparu, volatilisée, perdue, on appelle un bureau qui nous renvoie à un autre, qui se décharge sur tel organisme qui ne comprend pas ce qui se passe. On nous propose de taper 1, ou 2, ou 3, mais aucun de ces chiffres ne répond à la problématique Retrouver votre tumeur. Oui, nous rions bien (même Anne, après tout pourquoi pas, à présent que maman n'est plus là pour gâcher, gaspiller, le rire). Et pendant ce temps papa, lui, nous en veut, à moi en tout cas, sa colère à peine contenue, sa voix teintée de sourde exaspération : nous le privons de son rôle de mère juive, la maladie d'Anne se déroule en dehors de lui, bien sûr il s'inquiète, mais de cette inquiétude il ne peut rien faire, puisqu'il n'existe plus pour elle. Le voilà exclu de façon tellement flagrante. Je comprends, papa, je comprends parfaitement, mais pour une fois je résiste, je me tiens du côté de ma sœur, je me tiens du côté des sœurs, j'écoute David Bowie. Paix à ses choix.

Après le rendez-vous avec le chirurgien, Anne et moi déjeunons dans un café, à deux pas. Je le lui annonce : elle doit compter sur moi. (Quelques mois plus tard, en janvier, lorsque je déroulerai cette journée et les suivantes dans ma tête, j'ajouterai un « Fais-moi ce plaisir ».) Alors, dans son nouveau rôle de sœur reconnaissante, elle me pose des questions personnelles. Ce qui lui ressemble si peu. Elle me demande si je compte effectivement écrire sur la mort de notre mère, projet évoqué lorsque nous nous trouvions en Bretagne, pour les cendres. Je ne sais pas, je lui réponds. Et c'est exact. Moi qui depuis toujours écris avec une gomme dès lors qu'il s'agit de tout ça, j'ignore quel pourrait bien être mon sujet, finalement. Elle me raconte deux ou trois choses de notre enfance, et je dois avouer avoir complètement oublié (une fois de plus) lesquelles. Il ne me reste, de ce moment, que le goût du présent, la façon si caractéristique d'Anne de siroter son eau à minuscules gorgées, de savourer sa salade sans sauce à minuscules bouchées. Je ne peux pas m'empêcher de nous observer, toutes les deux, de part et d'autre de cette petite table, près de la fenêtre. Nous manquons de naturel, il est loin le temps où nous étions assez intimes pour qu'Anne me traite de « Tu pues du cul » et puis m'entraîne dans sa chambre écouter *Life on Mars*. Mais ce qui me frappe, c'est notre disposition à retrouver cette époque, ne serait-ce que le temps de son cancer à elle. Voilà, nous reprenons notre jeu, une fois encore, comme si la mort de maman nous en avait définitivement redonné le désir. Anne ne reverra pas papa, pour autant, pleine de bonne volonté, elle se débrouille pour continuer la partie d'une autre manière, elle accepte, pour une fois, pour la première fois, de se comporter en malade, autrement dit de laisser tomber l'âge adulte et nos éloignements, de se reposer sur nos souvenirs, eussent-ils ou non réellement existé, de faire confiance, les yeux fermés, à notre fratrie. Du coup je m'applique, je lui achète de petits sous-pulls pour qu'elle n'ait pas froid, je lui fais des suggestions, ensemble nous allons à la clinique. Je lui rends sa pareille, elle qui bien entendu a été la première à venir me voir à l'hôpital, au moment de mon appendicite. Et je me mets à son diapason, elle envoie des mails professionnels, je vais lui faire des photocopies, et acheter du pain, nous nous plongeons dans les formulaires de la Sécurité sociale, je me moque de son chirurgien qui a l'air de débiter du sein à la pelle, mais je n'insiste pas trop, l'aînée est là pour rassurer, pas pour déconner.

Lors de cette semaine particulière, elle me raconte une petite anecdote dont, allez savoir, je me souviens : Papa l'avait emmenée à la Comédie-Française, elle qui déteste le théâtre (mais était-ce déjà le cas ?), après quoi ils s'étaient retrouvés dans une boutique de luxe où il lui avait acheté une paire de mocassins à petits talons. À leur retour, maman avait engueulé papa, elle trouvait les chaussures atrocement bourgeoises, elle ne voulait pas de ce type de cadeaux pour ses filles. Sur le moment, tout au plaisir si surprenant d'entendre Anne évoquer calmement un souvenir, de surcroît avec notre père, je ne me préoccupe pas de savoir quelle est sa conclusion. Maman injuste ? Papa attentionné ? Leur manque de coordination complètement nul ? La triste matérialité de cette histoire ? Une fois de plus, j'ignore ce qu'elle en pense au moins autant que ce que je dois, moi, en penser.

Mais cela me rappelle que lorsque nous étions petites, dans les années 60, papa ne se contentait pas de nous acheter des chaussures. Nous faisions plein de choses ensemble, notamment le dimanche matin pendant que maman profitait de sa grasse matinée. Il nous préparait un petit déjeuner avec des tartines grillées, et puis nous partions visiter Paris. Le dernier étage de la tour Eiffel, le haut des tours de Notre-Dame, le toit de l'Arc de Triomphe, les Catacombes, le zoo du Jardin des Plantes ou – notre sortie préférée entre toutes – un aller et retour à Orly pour regarder les avions atterrir et décoller. Et ce souvenir à son tour me fait penser qu'Anne, comme papa exactement, a toujours consacré beaucoup de temps à ses trois enfants. Mais nous n'en parlons pas.

Quand elle repart dans le Colorado, elle aussi, je crois, a apprécié ce rab de « nous » durant lequel, tandis que je m'efforce de lui montrer que je vaux mieux qu'Aline Roussel et Mme Legrand, une évidence bien plus conséquente s'impose : finalement, se dire des choses n'est pas un corollaire au fait d'être bien ensemble.

Souvent, lorsque Anne et moi nous retrouvons toutes les deux, je cherche les sujets de conversation, je comble le silence trop silencieux par un assaut de questions, je réfléchis au fait que nous ne sommes pas en train de nous parler, la conscience de notre altérité ne me lâche pas. Mais quelle absurdité. Nous sommes là, nous nous ressemblons beaucoup physiquement, nous dit-on, et justement, parce que je ne suis ni Aline Roussel ni Mme Legrand, Anne estime sans doute inutile de me faire la conversation, elle si peu à l'aise avec cet exercice. Ce n'est pas nouveau, son mutisme. Quand elle était en primaire, l'une de ses maîtresses d'école avait appelé nos parents pour leur en faire la remarque, cette petite fille ne parle pas. Alors détends-toi, Hélène. Ma grande sœur et moi n'avons rien à nous prouver. Mais quel repos. Et maintenant que j'y pense, même *Mickey Mouse Has Grown Up a Cow* n'est peut-être pas quelque chose qu'elle tient absolument à partager avec moi, simplement je suis sa sœur, et elle m'en fait profiter puisque après tout, elle ne l'oublie pas, nous sommes souvent habillées de la même manière, nous jouons et nous vivons ensemble.

Lors de ce même automne 2015, alors qu'Anne est de passage à Paris, à s'occuper de ses papiers, et de son cancer, comme portées par cet espoir, prolonger l'effet de la mort de maman, devenir sœurs, encore et encore, nous organisons, pour Juliette dont c'est l'anniversaire, une soirée surprise, tout à fait inédite : les quatre filles ensemble. Une première dans notre vie. Nous optons pour une pièce de Marivaux, à la Comédie-Française, encore. Anne accepte sans hésiter, en dépit de sa détestation du théâtre et de sa méfiance à l'égard de ce type de rendez-vous organisé, obligation de s'aimer, de s'entendre.

Nous avons fait des photos, place du Palais-Royal. Nous sourions. Pourtant, nous n'en garderons pas un souvenir à coller dans un album, pas un souvenir qui tiendrait lieu de début d'une nouvelle existence, d'une frontière entre un avant et un après, le symbole de quelque chose : ce soir-là, Anne s'est ennuyée, Émilie a mal au dos, Juliette perd son portefeuille et nous sommes trop fatiguées pour aller dîner après le spectacle. Ça ne marche pas à tous les coups. Peut-être bien que la mort et la maladie sont des conditions. À côté, la vie ou un anniversaire, ça ne fait pas le poids. Pas assez urgent. Peut-être faudra-t-il attendre longtemps le retour de l'ange. Mais j'attendrai. Parce que notre danse macabre, cette année, a balayé mes valeurs acquises au fil de notre éducation, bousculé mes inclinations et déterré mes racines. Au mépris de notre culture, de notre morale, mon cœur l'emporte.

Je m'explique : notre grand-père, le père de maman, était ingénieur, ancien déporté. Il ne parlait jamais de Dachau, mais plutôt des dernières innovations technologiques, l'esprit en alerte, les mains impatientes, toujours, de découvrir un appareil révolutionnaire. D'une certaine façon, il a inculqué à sa fille, notre mère, qui à son tour nous l'a transmis, la vie à sa manière : détourner le regard de l'hier comme il a détourné le sien de ses cauchemars, pour d'autres motifs, bien entendu, pas d'indicible horreur de notre côté, mais, en legs, cette préférence pour les lendemains, l'inconnu, ce qui réserve des surprises, ce qui contribue à bouleverser les destins (et l'acharnement d'Émilie à réclamer le contraire, du passé, du familier, de l'ordinaire, confirme bien qu'elle aussi est imprégnée de ce même patrimoine).

« Chaque fois que l'un de mes enfants me présente un étranger, je me dis que je n'ai pas complètement raté son éducation. » Voilà ce qu'il disait, gloire à la curiosité, à l'ouverture d'esprit, attitude admirable grâce à laquelle nous avons l'habitude, ou le réflexe, de remarquer, premièrement, ce et ceux que nous ne connaissons pas.

Il n'empêche : les seules personnes auxquelles je désire être présentée ces jours-ci sont mes trois sœurs. Et Anne qui ne parle pas, partie si loin, capable de revenir si vite, est peut-être celle d'entre nous qui le saisit le mieux.

Depuis quelque temps elle s'est plongée dans la généalogie de notre famille maternelle, studieusement elle reconstitue les branches, remonte aux origines, s'attache aux dates précises, méticuleusement elle répertorie les sources et les alliances, l'exactitude du calcul, l'approche mathématique la guident. Et ça n'a rien à voir, me semble-t-il, avec un quelconque serment de fidélité, ni avec cet étouffant sens du devoir transmis par papa. Anne a refusé l'héritage, y compris, à sa manière intime, celui de maman, cette femme à laquelle elle s'acharne à ne pas vouloir ressembler, mais elle ne renie pas les influences. David Bowie transgresse ses origines. Mais il ne vient pas de nulle part. Savoir de quel bois l'on est fait, là d'où l'on vient, ce que l'on partage. Ce savoir-là n'est pas rien, quand même.

Mes sœurs et moi avions des couleurs, je l'ai dit et répété. Aujourd'hui, nous avons plutôt des expressions, de petits signes de reconnaissance glanés au long de nos propres vies, de nos propres expériences. Je mets du *-issime* partout, horriblissime, méga-issime. Anne, elle, emploie systématiquement le mot « gars » quand elle parle d'un homme, ce qui ne vient certainement pas de notre enfance. Émilie, de son côté, dit souvent « C'est pas banal ! » tandis que Juliette lance un « Magnifique ! » (pas « C'est magnifique ! », juste « Magnifique ! ») à tout bout de champ, qu'il s'agisse d'un bon café, d'un projet de voyage ou d'une diminution de ses impôts. Et je vais vous dire : chaque fois que j'entends l'une ou l'autre prononcer son mot, son expression, il me vient comme une évidence que les enfants uniques sont terriblement à plaindre.

Merci sans compter à Françoise Delivet, mon éditrice, ma rencontre.

*Composition réalisée
par Rosa Beaumont*

Imprimé en France par CPI
en août 2017

Dépôt légal : août 2017
N° d'édition : 56201/01 – N° d'impression : 141642